永乐大典系列⑧

木木 著

吼吼人类已经无法阻止我了

江苏文艺出版社
JIANGSU LITERATURE AND ART PUBLISHING HOUSE

博集天卷
CS-BOOKY

图书在版编目（CIP）数据

吼吼，人类已经无法阻止我了 / 木木编 . —南京：江苏文艺出版社，2011.10

ISBN 978-7-5399-4896-6

Ⅰ . ①吼…　Ⅱ . ①木…　Ⅲ . ①笑话—作品集—中国—当代
Ⅳ . ① I277.8

中国版本图书馆 CIP 数据核字（2011）第 217013 号

吼吼，人类已经无法阻止我了

选　　编： 木　木
责任编辑： 刘　霁
整体监制： 刘　丹
特约编辑： 袭村野
装帧设计： 李　洁
出版发行： 凤凰出版传媒集团
　　　　　江苏文艺出版社　http://www.jswenyi.com
集团网址： 凤凰出版传媒网　http://www.ppm.cn
印　　刷： 北京京都六环印刷厂
经　　销： 新华书店
开　　本： 787mm × 1092mm　1/16
字　　数： 130 千字
印　　张： 16
版　　次： 2011 年 11 月第 1 版
印　　次： 2011 年 11 月第 1 次印刷
书　　号： ISBN 978-7-5399-4896-6
定　　价： 20.00 元
（若有质量问题，请致电质量监督电话：010-84409925）

Contents 目录

熊猫遇到从超市里怒气冲冲出来的袋鼠，问道：“怎么了？气成这样？”袋鼠喘着气说：“工作人员不许我进，非让我先存包！”

Contents 目录

一老头退休后闲着无聊，便天天教鹦鹉说话。每早必教它说：“早上好！”可是几个月过后，鹦鹉仍不开口。老头为此十分气馁，这天早上便没有再继续教了。这时，只听鹦鹉对着老头大喊道：“老头！今天牛了啊！见我也不问好了？！”

人气最旺的十大网络流行语

最具说服力奖：不管你信不信，反正我是信了。

最流行大奖：Hold不住了。

最主流大奖：给力。

最佳美术大奖：神马都是浮云。

最佳汉语语法大奖：我勒个去。

最佳修辞大奖：杯具。

最感同身受大奖：蛋疼。

最文明大奖：你妹。

最废话大奖：你懂的。

最简洁有力大奖：擦！

最fashion的经典语录

距离产生的不是美，是小三。

人生就像打电话，不是你先挂，就是我先挂。

你的话，我连标点符号都不信。

男人的实力就是你兜里的人民币。

Hello，请问一下，你的棺材是翻盖的还是滑盖的?

笑只是一个表情，与快乐无关。

早该没心没肺，不用现在撕心裂肺。

现在想想，还是幼儿园好混。

当幸福来敲门的时候，我或许不在家。

花花世界，是我太认真。

我没有那么多的感慨，仅仅想有个人陪。

人在悲伤的时候，不管听多么欢乐的曲子，都会止不住流泪。

你说你会等我回来，你是等了，还找了一个人一起等。

累吗？累就对了，舒服是留给死人的。

不要对我太好，让我分不清你是爱情还是友情。

爱你，很久了！等你，也很久了！现在，我要离开你了，比很久很久还要久。

女人，长得漂亮是优势，活得漂亮是本事。

QQ在线率越高，证明这个人越寂寞。

最冏的QQ、MSN签名

你的手机比话费还便宜。

爸爸就像亲人一样爱我！

天下之大，哪儿有你这样的芳草。

如果明天就是世界末日，为什么今天就有人想自杀？

回答：去天堂占位置。

钱如果花了那就是钱，如果不花……那就是纸……

问世间情为何物，直教人吃饭想吐。

我小姨很认真地对我妈说：“姐啊，辛辛苦苦生个女儿，怎么不生个好看点儿的！”

我自横刀向天笑，笑完我就去睡觉。

收银员说：“没零钱，找你两个塑料袋吧。”

某人欲拜师学武至恒山某处，见门前牌匾大书“恒山派”，大为兴奋，近前细看，底下还有“出所”二字。

老师：“小明，请上来做这道二元一次方程。”

小明：“老师，我只有一块钱……”

我们这里不打折，但是可以把你打折。

看到你的排名呢，我就知道你们班有多少人了。

师傅领进门，重修在个人。

只有在大排长龙时，才能真正意识到自己是龙的传人。

有件西服上的标签：Made in Yidali……

最强悍的淘宝买家，最雷人的评价

野生榛子

差评：榛子壳很硬，吃完这一斤，我的牙都快掉了。为了增加重量多收邮费，还往箱子里塞一块破铁。

解释：你仔细看看那块铁，中间是否有个螺丝？再往下看，是不中间有条缝？沿着这条缝用力分开——这块破铁就是给你夹榛子壳用的特制钳子！

益达口香糖

差评：我要的是口香糖，结果送来了一块白乎乎的东西，甜死，无法吃！

解释：晕死，那是我送你的白巧克力啊，口香糖包在下面报纸里面呀，不会扔垃圾桶了吧？快去找找。

玛姬儿纯棉压缩纸膜

中评：没什么。

解释：没什么是什么！！什么是没什么！！没什么给中评做什么！！什么人！！狂晕！！！

小鸟耳钉

中评：“好评”点了怎么没反应？试试“中评”可以不。

解释：怎么可以这样啊！你的电脑可以升级啦（非常非常郁闷）。

水晶球

差评：球球挺好，照片上的底座为啥不给我？

解释：冤枉！那是我LG的烟灰缸。

镀白金项链：9元

中评：我女朋友的评价是“一般”。

解释：你给她买个钻戒看看！

好评：态度不好，东西还行。

解释：我什么时候对你态度不好了？莫名其妙！是不是要我说“我爱你”，你才觉得态度好啊？

中评：我没买。

解释：唉！

精美欧洲进口巧克力

差评：巧克力晚了3天才到，而且到的时候都碎了，害我跟男友吵了一架。

解释：打是亲，骂是爱，实在不行下脚踹。

马鞭草：瘦身，治疗头痛

差评：为什么你的马鞭草和别人家的不一样？

解释：为什么你和别人长得不一样？

闹钟/床头钟/圆形饼干钟表

差评：由于频频上当，好久都没有在网上购物了，这次还是忍不住，买了这块表，结果又上当了。你们究竟在干什么？

解释：马三立说了："逗你玩！"

带核话梅500克

中评：怎么话梅变脆梅了呢？和我要的完全不相符哦！

解释：大概时间长干了吧，一样的，也好吃的。

好评：老板性欲很好，发货也很快。要买就要找这样的卖家，哈哈！

解释：我的姐姐，是信誉好不？

施华洛世奇水晶

好评：东西收到，非常满意。有个问题：包装里的一次性打火机是怎么回事？送我的吗？我不吸烟。

解释：嘘，小声点儿！某人从下午开始就在家里找呢。正好帮他戒烟，估计是他帮着包装的时候不小心掉里面的。

时尚格子衬衫

好评：我花39买的衣服，挂牌上却标的是18！心里有点儿不舒服，本来想给个"中评"的，但想想还是算了，做生意也不容易。我没别的要求，希望卖家给个合理的解释。

解释：请你看仔细了，那是18美金，不是RMB。

个性相册制作（制作周期约为一周）

差评：一周后才收到，“我等到花儿也谢了。”——张学友。

解释：一周后才做完，“我哭得长城都倒了。”——孟姜女。

云南三级普洱茶

中评：看起来不怎么样，喝起来也不能让人愉悦！

解释：建议您去买三级影音制品，或许看起来会好点儿，感觉也会愉悦点儿！

都市丽人白色风衣（送××游园票）

中评：怎么游园票只限两人啊，全家去就得三个人，跟朋友怎么也得四个人，你这不存心让我为难吗？

解释：我可都是为你着想啊，怕你们三个人去了玩斗地主，四个人去了打麻将，还怎么游园啊！

《彩票中奖宝典》

差评：书上第一页不是说“读完此书，必中百万”吗？我怎么连尾奖都没中啊？

解释：你肯定没认真看完过，书的最后一页是这样写的：“若要成就百万梦想，就得不惜一切代价！”放心吧，你的付出一定会有回报的，不是不报，时机未到！

正宗美国山核桃

中评：不是说了圆通吗，为什么你还是寄申通啊？

解释：啊！当时我以为你是提醒我注意，不要把你的名字“袁通”写错了！

清嘴含片

差评：我是听到广告说“想知道亲嘴的味道吗”，才好奇体验一下的，结果就是比白糖多点儿味道，这不明摆着骗人吗？

解释：小朋友，你还未成年吧？想亲嘴找你同学去，广告和我有什么关系啊！这下我倒品尝到被无理“差评”的味道了。

NIKE休闲短裤（40元包邮）

差评：质量有严重问题，才穿一周，那天放屁不小心，裤裆就被撑破了！

解释：谁叫你不小心轻放啊！再说这么便宜肯定不能同正品比了，并且包运费40，（事实）都摆在眼前了，你要我怎么说呢？

韩国最新时尚塑身内衣

差评：根本和你介绍的不一样，穿起来好大，老公也说我看起来比例不协调！

解释：女人要有点主见，大一点难道不好吗？不要让男人一手掌握！

法国精品玫瑰

差评：你骗我，说什么5朵代表“由衷欣赏”，我喜欢那女孩却说我“三心二意”！

解释：谁叫你非要3朵红的加2朵白的？说什么“我爱你”加上“二人世界”够浪漫！弄得跟张爱玲的《红玫瑰与白玫瑰》似的，能不像三心二意吗？

时尚小礼品

好评：花4元钱买的DD平邮，卖家却自己倒贴5元钱快递过来，还亲自打长途询问，这是什么精神啊！

解释：偶实在是没时间去邮局……汗！

30g珍珠水嫩保湿眼霜

差评：怎样退货？

解释：冤枉啊，拍下后，款都没有付，我都没发货，谈什么退货？

买家：不好意思，JJ，有点儿事情拖到现在才付款，耽误你下蛋了！

卖家：没有关系，啊，下蛋，我没有那个功能啊！

买家：哈哈，不好意思打错，是下单！

卖家：狂晕，我说我好像没有那个功能吧！

应该是问老板有没有实体店

MM甲：老板，请问你有尸体店吗？

小草：不好意思，淘宝上不让卖那个的。

买家MM：掌柜在吗？

卖家：在的，亲！

买家MM：可以推荐下适合我用的护肤品吗？

卖家：好的，请问MM是什么类型的皮肤呀？

买家MM：我是混合偏干的泼妇（拼音输入法，哈哈）。

卖家：汗！

买家：你快点儿改嫁（改价）好不好，我等不及了！

卖家MM：==

买家：快点儿，你改嫁我就付款了。

卖家MM：你别做梦了！你先问问我老公。

买家：性能力怎么样？

卖家：？？？有关系吗？

买家：对不起，多了一个力字。产品性能怎么样？

卖家：汗！

买家：我想买你帮我生个儿子。

卖家：啊，啥？

买家：哦，没说清。是想买你的玉牌佛，保佑我生个儿子。

卖家：呵呵，汗……

买家：你好，我想买你店里的鞋子。

我：你好，喜欢哪款拍下来吧。

买家：我想用Q币买你的鞋子可以吗？

我：不行哦。

买家：那我按商品的价格直接给你手机充费吧？

我：晕倒。

买家：店主，请问你家鞋子还有其他款式吗？

卖家：有，给你相册地址，你可以去那里看，有很多没来得及上架。

买家：店家鞋子很漂亮哦，产品图片里怎么有个小宝宝啊？

卖家：哦，那是我儿子，不卖的！

买家（狂汗中）：是啊！要卖也不能卖亲儿子呀！

买家：你有多少闲置的奶奶？

卖家：？

买家：不好意思顺手按回车键了，是奶粉。

卖家： 吓我一跳，奶粉只有闲置的一罐。

买家：那一罐奶奶能便宜些吗？我买了。

卖家：我不卖奶奶啊，只卖奶粉哦！

史上最牛的百度知道问答

提问：怎样可以最有效地瘦臀？

回答：蹭树。

提问：为什么好马不吃回头草？

回答：因为马儿拉屎在后面拉。

提问：如何除掉烦人的狗？我家附近有人养狗，它随便跑也就算了，还经常晚上在我家门口拉屎。有没有办法让它不在我家门口拉屎，或神不知鬼不觉地把它弄死且没人知道？

回答一：和主人说没用，我告诉你个好主意。每次狗拉屎的时候，你去偷看，等狗发现了你在偷看，它会害羞的，就再也不敢到你家门口拉屎了。

回答二：给它买一台计算机，然后教它上网，它就没空去你家门口了。

提问：怎么驱赶蚂蚁？

回答一：在寝室门上贴上“戒严”或者“查封”等字样，造成寝室已经停止营业的假象。

回答二：买个食蚁兽回来不就结了？

回答三：播放张楚的歌曲《蚂蚁》三十遍。

回答四：把这个问题贴到蚁巢门口，难死它们！难不死的也会被这个悖论折磨死。

提问：怎样才能在街上捡到更多的钱？

回答一：把自己的钱包丢在地上就可以。

回答二：最好当垃圾清扫员，这样拾零钱的机会比较多。

回答三：钱不是捡来的，也不要低头走，钱是天上掉下来的，要时刻抬头看。

提问：最简单的长寿秘诀是什么？

回答：保持呼吸，不要断气。

提问：“我要问百度知道知道不知道知道就知道不知道就不知道不要知道说不知道不知道说知道到头来知道变成不知道不知道还是不知道天知道地知道百度知道知道若要问我知道不知道知道不知道也不知道。”

请加标点符号，眼睛不好慎入！

回答：我要问百度知道：“知道不知道？”知道就知道，不知道就不知道。不要知道说不知道，不知道说知道，到头来知道变成不知道，不知道还是不知道。天知道、地知道、百度知道知道，若要问我知道不知道，知道不知道也不知道！

提问：跷二郎腿的危害？

回答：屁股会一半大一半小。

提问：为什么人会怕高，而鸟却不会？

回答：人知道掉下来是什么滋味，但鸟不知道。

提问：巫师为什么要骑扫把不骑板凳呢？

回答：因为骑扫把比骑板凳帅多了，而且遇到敌人(强大的，自己打不过)就可以伪装成扫地工。

提问：我的电脑里有病毒，我应该什么办？

回答一：什么都不用，你可以一个月不开机，把病毒饿死在里面。

回答二：光饿死还不够，万一病毒太饿了爬出来感染别人的电脑怎么办？不光要不开机饿死它，还要拿个袋子把电脑密封起来，给它断水断粮断空气才行！

回答三：用妇炎洁吧，洗洗更健康。

回答四：用妇炎洁不行啊，楼上的，如果电脑是男性怎么办？其实用汰渍最好了，不伤手，除菌。

回答五：楼上的全都不厚道，电脑病毒是不能用杀虫剂的，你把电脑带到防疫站给医生去打一针就行了，以后每年打一针就能彻底防止病毒入侵了。

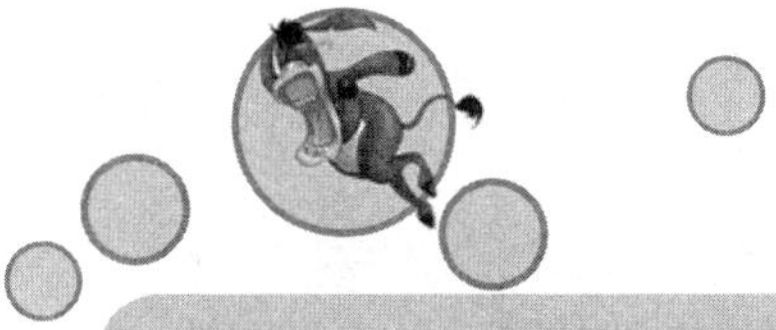

聪明人才能看得懂的小笑话

昨天梦见上帝，说可满足我一个愿望。我拿出地球仪说：“要世界和平。”他说：“太难，换一个吧。”我拿出你的照片说：“要这人变漂亮。”他沉思了一下，说：“拿地球仪来，我再看看。”

一女奇丑，嫁不出去，希望被拐卖。终于梦想成真，却半月卖不出去。绑匪将其送回，她坚决不下车，绑匪一咬牙一跺脚：“走，车不要了！”

下面这排字，叫谁写都写不工整吧：

厂下广卞廿士十一卉半与本二上旦上二本与半卉一十士廿卞广下厂下广卞廿士十一卉半与本二上旦上二本与半卉一十士廿卞广下厂下广卞廿士十一卉半与本二上旦上 二本与半卉一十士廿卞广下厂下广卞廿士十一卉半与本二上旦上二本与半卉一十士廿卞广下厂下广卞廿士十

只有10086会立刻回我信息。只有10086会在意我还有多少话费。只有10086在打完电话后还意犹未尽地主动给我发短信。只有10086会24小时开机，只为了等我的骚扰。除了10086，谁TM的还在乎过我，o(︶︿︶)o唉……

两个惊天动地的问题：

1.眼镜发明之前，眼镜蛇叫什么呢？

2.世界上第一个知道牛奶可以喝的人，到底对牛做了什么啊？

想起在学校的一件很有爱的事。

一晚，室友特大方地翻出他的“私人储备”，分给全宿舍人吃。

末了他来一句：“你们赶快吃，等会儿12点一过这饼干就过期了！”

女友早上起来洗澡，我让她穿了毛衣出去（天气冷），她嫌麻烦，说：“穿什么穿？反正还要脱（马上就洗澡了）！”我反驳道：“那你还吃什么吃，反正要拉出来！”

女友冷笑道：“那，我穿的和脱的一样，你吃的和拉的一样吗？！”

这次期末考试，某位在中考时作弊成功的同学被抓了。

原因是用手机作弊，基于他高超的作弊水准，我去问了一下被抓的原因。

他愤怒地说：“NND，写完试卷时间剩太多，就顺手把菜收了。”

三年前刚开始谈恋爱，两人在一块时我想大号，于是跟他说：“我去一下洗手间。”

两年前还在热恋中，说：“我去上厕所……”

一年前我们同居了，变成：“我去大便。”

现在已经结婚了，变成：“我去拉……”

大过年的被甩了，一边看春晚一边流泪，怕被看出来，就嚷嚷：“花老百姓这么多钱，大过年的给我看的什么玩意儿！”老妈白了我一眼："至于哭成这样吗？”

一日，我一朋友和他妈说："妈，我看上了一鞋。”他妈说："多少钱？”他说："900。”他妈说："买！”我这哥们儿又来一句："一只。”他妈愤怒地来了一句："滚！”

姐姐风格比较彪悍直率，姐夫风格比较儒雅温和，两人今年下半年准备结婚了，趁机小“疯”一下……一日，姐夫喝高了，姐姐把他拖回家，姐夫躺在床上，突然坐起来，迷迷糊糊地抓起我姐的手，我姐想：这是要酒后吐真言啊，来个表白啥的。暗喜中，只听我姐夫说："那个，以后你别打我和孩子啊！”我姐顿时凌乱了……

高中时上晚自习，有的不规定科目，学生可以随便复习自己的薄弱科目。此为故事背景。

那时候我有个好朋友，挺多愁善感一女生，我俩经常讨论很多形而上的问题。

那天晚自习，我在写文章，写到动情处，收到后边传来的纸条。打开看，是那个女生传的，问我："何谓内心？”

于是我被触动了，给她回："内心，就是人的精神感受，是人的灵魂触觉……”洋洋洒洒写满一大张纸，传回去。

少顷，收到回复："我是说三角形的内心是三条高的交点还是角平分线的交点来着？”

话说今年把奶奶接到家里一起过年，奶奶一直唠叨，让我赶紧找个女朋友结婚，刚才跟我说："你看和你一般大的某某某、某某某孩子都有了，今年一定给奶奶搞个对象回来！"我刚要接话，奶奶又补充了一句："男的女的都行！"

都行……我……

我家这边逢年过节都要烧菜供奉祖宗，今年年夜饭虽然在外面吃，但是祖宗也要供。老妈烧了几个菜，拿了几只酒杯倒满酒，每位祖宗一杯。结果有只杯子打破了，于是我看到一只杯子里插着两根吸管……

前天无意中翻开了我准岳父的日记，其中有这么一句话："我是真不想把我乖女儿的第一次给那个畜生……"

话说前两天去便利店买水，突然尿急，于是就问柜台的阿姨："阿姨，卫生间有吗？"阿姨抬头瞄了我一眼，说："给女朋友买的？"我愣住了，反应过来急忙说："不是不是，是小便的卫生间！"阿姨又说："卫生巾是月经用的，你是要尿不湿吧？"我看着边上已经内伤的顾客掩面夺门而出。阿姨啊，你让我情何以堪啊……

今天送外婆去医院打吊瓶，经过服务台时，听一大叔问："服务员，你们这七孔科在哪儿？"

七孔科……

过年在老家，平时很少回去，我高一，这年纪觉得在农村没有什么好玩的。我和我妈出去闲逛，顺便看看农村的风景。

这时，有一个短发黑面的人背着背篓从旁边的田埂上走过。

我妈悄悄对我说："这男的长得真像女的！"

我慌张地小声说："什么呀，人家就是女的，就是脸黑了点儿，别让她听见了，丢人。"

我妈又皱眉对我说："怎么长这样呢？"

就在我俩悄悄对话以为没有人听见的时候，那短发黑面的人从我们身边飘过，轻轻地说："别吵了，我是男的。"

春节去同学家玩，最后走了，我推电动车出门，A同学帮我开门，我称赞他："孩子真懂事！"

B同学附和了一句："嗯，通人性呢！"

哈哈，通人性，太损人了！

地铁五号线上遇到一个帅哥，皮肤白，眼睛大，长的真TM好看！

看的老娘春心萌动啊！我手机都拿出来对准，拍的瞬间想起我拍照有声音！结果孬种了。

下车的时候欣喜地发现他也要下，于是悄悄尾随。他上了电梯，遇到了等他的人。于是我内牛满面地看着他跟另一个高大青年手挽着手相携而去……

过年吃年夜饭的时候，阿姨说："本来我是有七个兄弟姐妹的，后来夭折了三个。"

我就说："那姥姥肯定很伤心吧？"

她娓娓道来："那时候死头猪比死个人还伤心……"

我小学的同学叫袁锥，没学圆锥圆柱的时候根本没觉得什么，后来学了之后就果断去问他：是不是有兄弟姐妹神马的叫袁柱的，果然他有个哥哥叫袁柱……囧……

我初中时刚发育，胸有一点点小包出来，灰常的开心啊！一天到晚偷偷摸摸拿我娘的Bra来玩。一天被我妹妹看到了(妹妹七岁)，我居然逼她摸下我的咪咪(我也不知道我当时是不是脑袋被夹了)，我妹妹一脸嫌弃地捏了捏。过了若干年，本人今年二十三，被妹妹捏过那只……跟另一只不一样大！悲催的是，她到现在还记得我逼她摸我的胸！

过年走亲戚的时候看见亲戚家有两个小正太，貌似是双胞胎。弟弟叫了一声哥哥，哥哥很给力地答应了一声，就把弟弟摁在沙发上亲，弟弟哭了都不放手。我们一群人看到这一幕都在风中凌乱了……

语不雷人死不休

现实中，你听到、看到后肯定撑不住的一些笑话……

今天在公交车上，从北京站上来一男一女，坐在我的身旁。

女："她其实心里很伤，本就是那种容易痛的女子。"

男："她还没释怀么？"

然后我起身，哆哆嗦嗦泪流满面地离开了。

女："我喜欢在街头喝咖啡，人来人往的，觉得自己像公主一样备受瞩目。"

男："呵，你本就是集三千宠爱在一身的女子。"

当时把我雷得45度明媚忧愁仰望天空内牛满面。

在苏州吃饭，旁边俩大爷喝小酒吃下酒菜，两人的坐姿均为右腿蜷起来把右脚踩在椅子上。

突然大爷甲说："她说出这样子的话，已经深深伤到了我内心深处的脆弱。"

当时我就凌乱了……

吃饭时看见一对叔叔阿姨，叔叔忽然刮了一下阿姨的鼻子说：“你怎么这么纯情？”

阿姨羞涩地笑了。

我的汤泼了出来。

无意间加了个人，上来跟我打招呼，说：“喜欢最天使吗？”

我没反应过来呢，人又说了：“这么多年来，这是第一首能进入我心里的歌，不知你是否也一样？”

我颤抖着把她拉黑了。

我们宿舍一非主流男子与女友打电话，开着免提，还以为我们都睡了，其实我们一宿舍都在偷听……

女：“平淡流年，我们经历得起吗？”

男：“干什么？你想分手？”

女：“悲伤逆流成河，我为谁而不顾？”

男：“我靠，难不成是我？”

我憋笑差点儿内伤。

其实最装的莫过于我那天和同学聊挫折。

她突然来了一句：“其实咱们都是受伤的小兽，独自躲在角落舔舐伤口。”

我勒个去，我当时脸就白了，你牛，把我从内伤直接雷成残废。

某次经过一黑暗角落，闻争吵之声，循声望去，见一男一女。

男：“你听我解释。”

女：“我不听我不听，你让我走！”

男：“你不要走，你听我解释。”此时拉住女手。

女：“放开我！你这个疯子！”猛然转身就要走。

此时，男一把将女子拉入怀中，强吻。

女挣扎数秒，遂双臂环住男脖子。

我默默路过，同时寻找摄像机，未果。

讲一个90后小姑娘追我朋友的事。

一90后小姑娘，打扮不非主流，也挺水灵。

我朋友不要，我们很不解，我朋友说沟通无能。

当下，我朋友拒绝小姑娘的时候我们都在。

朋友顾及小姑娘的自尊心，拒绝得那叫一个曲折委婉。

后来小姑娘终于明白了，幽幽地看着我朋友，朱唇轻启，丢下一句：“告诉我，这个冬天为什么特别寒冷？”就走了。

众人终于明白何谓沟通不能。

内牛满面。

惹到一学文艺的小女生，某日在我拒绝接她电话N次后，发来短信：“我的忧伤是与生俱来又不可磨灭的。大概任何人都无法化解，我只期盼上帝可以带走我和我的悲伤，只有他可以拯救我……”

这也太卡哇伊了！

爸：“你只知道花钱，可知道钱得来不易吗？”

我：“怎么不知道？每次向你要钱都要听一番教训。”

某天，公交车上上来两个背着蛇皮袋的头发油腻男子，在我前面入坐。

A：“兄弟，其实我还是爱她的，只是我是个浪子，浪子你懂不？”

B：“我懂，我深深地明白你的忧伤。”

A：“你不懂，我天生就是个四处漂泊的浪子，好像那浮萍一样，无拘无束……”

司机没刹车，但车上倒了一帮人……

在地铁里，一男子发现扒手正在掏他的钱包，便幽默地说：“老兄，你来晚了！我今天虽然领了薪水，但我太太下手比你快多了！”

小伙子在给女朋友的信中写道：“爱你爱得如此之深，甚至愿为你赴汤蹈火。星期六如不下雨，我一定来。”

甲：“这件事我只告诉你一人，请你千万为我保密。”

乙：“放心，不但我要为你保密，我还要告诉大家都来为你保密。”

父亲走进儿子的房间，夸奖道：“干得好，儿子！窗户又干净又明亮，你是用肥皂水擦的吗？”

儿子：“没有，爸爸，我用的是锤子。”

弟子：“万能的佛祖！佛理的精髓是什么？”

如来：“慈悲为怀！”

弟子：“那寺院养武僧干什么？”

如来：“我怕别人对我不慈悲。”

一群人在一家僻静荒凉的小店吃饭，一共六个人，服务员却拿来了七双筷子。一人笑道：“多好的鬼故事开头啊！”众人都笑。服务员看看我们，数了数，不好意思道：“拿错了，拿错了。”然后撤走了两双。桌上寂然。

网店小二问卖家：“网上卖东西，你最大的感触是什么？” 卖家毫不犹豫地说：“我从来没有收到过假钱。”

男子擦嘴时，不小心将纸巾捅破了。男子庆幸地说了句：“哎呀，还好是擦嘴！”

某医科大学中心广场上有一人物雕像，高举右手五指分开向大家挥手。老生曰：“此乃告诉各位新生——同学们，五年啊！”

奶奶80多岁了，有一天我出门时，她问我到哪儿去？我说去斗地主。奶奶高兴了，她随手拿起一把铁锹，说：“带上我，我也去！”

某领导对一女孩耍流氓，女孩强烈反抗。领导骂道：“小妞，别闹了，我可是有背景的人！”女孩一听，顿时笑了：“大叔，别闹了，我可是有微博的人，你敢动，我给你直播！”

在堵车长达几小时后，一哥们儿终于无法忍受，只看见他暴跳如雷，打开车门，拉开后备箱，从里面拿出一根长长的木棍。所有人吃惊地看着他，只见他大骂着把地上一只蜗牛敲碎，一边敲一边骂着：“看你还敢跟踪我！”

甲：“你说为什么外国的酒是黑色的？”

酒厂经理："这还不简单，要是有老鼠屎掉进去，就发现不了了！"

甲："那中国酒为什么是白的？"

酒厂经理："这更简单了，要是有老鼠屎掉进去了，我们就说那是酒糟呗！"

鹦鹉说话比赛中，获得第一名的鹦鹉叫可可。当时它从笼子里走出来，四面张望了一下，大声叫道："这儿为什么有这么多鹦鹉？"

何大娘对老伴说："邻居韩大爷给他孙子起的名字叫韩金量，高大爷给他孙子起的名字叫高科技。咱们也快有孙子了，你也给起个响亮的名字吧！"

何大爷不假思索地说："就叫何武器！"

一天，苹果对人说："咬我一口，咬我一口！"

人觉得很奇怪，就问："为什么呢？"

苹果说："我不想在水果界混了。"

然后人就咬了它一口。

接着苹果高兴地说："我终于能在IT界混了！"

能让你腹部抽筋的给力笑话

一诚实男子晚上泡妞，待清晨回家同妻子吃早饭，欲告知妻子。对妻子说："我昨晚坐动车了。"妻子说："啊，是吗？"继续吃饭。一会儿男子又对妻子说："我昨晚坐动车了。"妻子说："我知道了。"男子忍耐不住又对妻子说："我昨晚坐动车了。"妻子不耐烦地回答："已经说好几遍了！"丈夫咆哮道："笨蛋，这都不懂，我出轨了！"

老总上班后，坐在那里郁闷，秘书问何故。

老总："昨天我收到一个家伙的信，说如果我不离开他老婆他就杀了我！"

秘书："您离开他老婆不就行了吗？"

老总："可那家伙没有署名！"

儿子："爸爸，有没有恐怖书看？"

爸爸："有，爸爸看了20年了，还觉得恐怖。"

儿子好奇："是什么书啊？"

爸爸很严肃地说："结婚证书！"

有个人很胖，最近一段时间更胖了，不过她自我感觉良好。有一次她碰

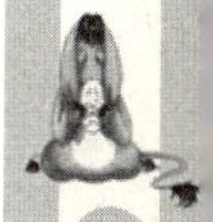

到老同学，兴奋地说：“最近我的回头率很高呀！”老同学不敢相信，瞪着眼睛说：“是吗？哦，明白了，是一眼看不完吧！”

早晨公车上，一个人从包里掏手机看时间，然后说了句“我靠”，还以为他上班来不及了，再仔细一看，我靠，他手里拿着一个电视遥控器。

姚明退役后，由于身高太高，生活很不方便，四处寻医而不得解。一天偶遇一位高僧，高僧说他有一个秘方，吃完可以将身高降到一米八。姚明听后大喜，说：“太好了，我打算给奥尼尔带一些过去，请问高僧，这药叫什么啊？”高僧答曰：“矮油！”

阴险的班主任把一对同桌恋人分别安排跟班上最帅和最美的男女同桌，让他们相互吃醋妒忌，最后分手……

当年看《还珠格格》的时候，心里一直希望小燕子和紫薇能把皇后和容嬷嬷弄死；现在看《新还珠格格》，巴不得皇后和容嬷嬷快点儿把小燕子和紫薇弄死……

Windows显示：“您可能是盗版软件的受害者……”

不，微软，你搞错了，你才是盗版软件的受害者，而我，不是……

一个小孩拿着一张假钱走进了玩具店，准备买一架玩具飞机。服务员阿姨说：“小朋友，你的钱不是真的。”小孩反问道：“阿姨，难道你的飞机是真的？”

介个……凌乱了

从前，是魏蜀吴三分天下。现在，是宅基腐三分天下。

有啥子好哭地吗？把达·芬奇商标换了，改叫米开朗琪罗。那帮土鳖大款暴发户照样还来买，买了还得心花怒放地说："这回终于买到正品啦！"对他们来讲，你只要弄一大师名字，印几个英文字母，告诉他们这是古典欧洲的文艺复兴风格，纯意大利货，哪怕你在沙发底下印上"MADE IN YIDALI"，他们也不在乎……

无论谁是谁的老婆？都是合同工！

当湖南卫视开始播《还珠格格》、《一起来看流星雨》的时候，当浙江卫视播《喜羊羊和灰太狼》的时候，当天津卫视、深圳卫视播《仙剑奇侠传》、《少年包青天》的时候，当山东卫视播《武林外传》、《西游记》的时候；当四川卫视、陕西卫视播《新白娘子传奇》的时候；当江西卫视播《爱情公寓》的时候……那么寒假真的来了。

《新还珠格格》看点：小燕子严重模仿痕迹，五阿哥和外国人称兄道弟，紫薇格格不那么美丽，金锁演技无能为力，皇上的范儿太随意，皇后的

范儿太TVB，容嬷嬷米有了霸气，夏雨荷勾起了偶们地回忆……

常有人在女寝楼下点蜡烛摆出心形，然后大吼“我爱你”表白。今晚A君大冒险输了，被罚模拟该情景，只允许说三个字。他生性羞涩，点好蜡烛后半天不肯开口。楼上发现此场景的人越来越多，好几个窗口都是等着看热闹的人们，有的还为他加油鼓劲，结果憋了半天，他抬头就号：“卖——蜡——烛——”

一周末，妻在打扫房间，忽然冒出一句话：“唉！怎么一个家庭主妇永远有做不完的家务。”

夫：“没办法呀！你又不同意我娶两个。”

请日本客户吃饭。席间，老总喝高了，于是手舞足蹈地讲起了历史：“想当年，我们杀小日本，一刀一个，一刀一个……”那日本客户看老总那么激动，就问翻译：“他说什么这么高兴呢？”翻译憋了半天，说了一句：“他家原来是杀猪的……杀猪的……”

有一次出去玩，在一个远房亲戚家住了两天。那里有个风俗说小孩子的尿是最干净的，他们就用童子尿来煮鸡蛋，说是非常养生。我哪里敢吃，无奈人家热情，一直劝我吃吃吃，我没办法只好来了句：“我不爱吃鸡蛋。”我那亲戚更可爱了，说：“那你喝点儿汤吧。”

楼猪：我每次都吃了毓婷的，但为什么我的女朋友还是怀孕了呢？

回复：因为别的男人没有吃！

年轻人带着女友回山中老家，指着一座古坟说：“我家先祖的魂魄寄寓在墓穴里，千年来一直守护着这个家族。谁敢对他的子孙不利，先祖便会化身厉鬼寻那人复仇。”当天夜里，先祖魂魄忽生感应，在村子半空杀气腾腾地盘旋良久，然后托梦给了族长问道：“谁他妈是杜蕾丝？”

中午公司一女同事外出吃饭，手机落公司了。然后她老公一个劲地打电话，旁边一哥们儿吃完饭午睡，被电话铃吵得很烦。在电话铃声响起的第N回后，哥们儿很气愤地拿起电话，吼道：“我们在睡觉，你老打电话，烦不烦啊！”随即挂掉。电话不再响了，一个小时后，她老公不淡定地出现在公司门口。

都说警察太凶了，以后做笔录就这样问好了：“亲，昨晚你在干什么呢？”“亲，你为什么要赌博呢亲？”“亲，行政拘留十日不包邮哦亲！”“亲，还要跑吗？再跑我可要开枪了哦！”

女股民自白：“第一次跌，就像女孩子被人摸了一下手，好紧张哦！第二次跌，就像被人摸了一下胸，好可怕哦！再跌，就像被人强暴了，好痛苦哦！再跌，就一点也没有感觉了！如果还继续跌……靠！老娘我都这样了，谁怕谁啊？”

世界上的一切问题，都能用“关你屁事”和“关我屁事”来回答。突然感觉屁好忙。

一性感MM走在路上突然听见：“别动！”一个大汉拦住她，MM急了，说：“我给你钱，你别劫色，行吗？”大汉说：“少啰嗦！”然后推倒

MM。MM大惊道："不要！"大汉："烦死了，快把丝袜脱下来，老子赶着去抢银行！"

某日尿急，遂窜进一家酒店豪华卫生间。走近小便斗一看，上贴几个大字："不要用坏了！"我心中轻笑，我等素质人士，受过高等教育，故宫门前拍过照，五星饭店睡过觉，什么场面没见过？事毕，自动感应，自动喷水，水量超大，湿了一身，恍然大悟，特么得，你多写个逗号会死啊……

酒桌上玩真心话大冒险，都是成人，问的问题都基本都是围绕那个问题。问到一个漂亮姑娘："最多一夜多少次？"MM回答："6次。"她男朋友在旁边笑着说："我哪有这么厉害？"MM不假思索地回了句："不是和你！"

俺从家里带来一个脸盆，晚上没人的时候，俺就用饮水机里的热水泡脚。那天晚上，俺在单位边泡脚边上网。秃头主任突然回单位了，先劈头盖脸地骂我一顿："好小子！卷着裤脚，光着脚丫，踩在地毯上……你以为叫你来种水稻啊！"

有1张信用卡的人，叫一卡通。

有2张信用卡的人，叫卡卡。

有3张信用卡的人，叫卡夫卡。

有超过3张信用卡的人，叫卡夫。

有欧洲信用卡的人，叫卡西欧。

有一堆信用卡的人，叫卡农。

有信用卡的男人，叫卡巴斯基。

有信用卡的女人，叫卡哇伊！

某男每天施舍街口一乞丐5元钱，从不间断。婚后，就改为每天2元。生子后，又改为给1元。终于有一天，乞丐问他：“先生，为什么你给的钱越来越少了？”他答：“独身时没压力，故给你5元；后有妻有子，生活负担重，只能给你1元了。”乞丐听后大火：“你这人太不厚道！再有压力也不能拿我的钱去养你的家人啊！”

中国十大杰出人物：

别人家的孩子；

别人家的爸爸；

别人家的妈妈；

别人家的老公；

别人家的老婆；

别人家的公公；

别人家的婆婆；

别人家的公司；

别人家的领导；

别人家的员工。

表哥三十了还单身，一次我问他：“表哥，你们单位那么多美女，为何到现在你还不找个女朋友？”表哥冷冷地说：“兔子不吃窝边草！”我说：“都这把年纪了，你还‘兔子不吃窝边草’？”表哥沮丧地说：“美女才是兔子，我是草。”

囚犯写了封抗议书给监狱长，监狱长决定找他面谈。

监狱长：“写这个你用的什么纸？”

囚犯：“卫生纸，先生。”

监狱长翻看了一下，问：“用什么写的？”

囚犯：“大便，先生。”

女用人不慎打碎了花瓶，女主人大发雷霆：“你一个月的工钱，还不够赔这花瓶的！”

女用人想了想，道：“太太，那你给我再多加一倍的工钱，应该就够了吧！”

一男生特别懒，爱幻想。一天，终于没衣服可换了，他把所有的脏衣服放在一个大盆里泡着，自己在旁边坐着，注视着盆子里的衣服说了句：“乖，自己洗个澡吧！”

一个老农进城后，看到繁华的街道、拥挤的人群，感叹道：“运气真好，第一次进城就碰上赶集！”

一个很瘦很瘦的人对一个很胖很胖的人说：“如果我像你这么胖，那我一定会上吊自杀！”

这个胖子对这个瘦子说：“咦，我发现你是一条不错的绳子。”

一次，一位老先生到客服来领钱，没带身份证。我们的出纳跟他说：“您没带身份证不能领钱。”老先生当时就火了，说：“我可有高血压，我告诉你！”

同事一听马上报告主任，主任立马说：“给他！给他！”后来同事们说：“原来有身份证能领钱，有高血压也能领。”

女：“你认为我哪一点比较漂亮？”

男：“你的发型最漂亮。”

女：“真的吗？为什么你这样觉得呢？”

男：“因为它遮住了你的大部分脸。”

文明礼貌月里的某一天，公共汽车上。

由于急刹车，甲不小心踩了乙一脚。

乙：“谢谢！”

甲：“不用谢，这是我应该做的。”

路上两车不幸追尾，前面车的青年问后面车的青年：“哥们儿，不好意思，请问你是姓药吗？”“不是。”“那你爸姓李？”“不姓。”“既然这样……你丫赔我钱吧，这可是爷刚买的新车……”

在学校宿舍，我杯子里的水总被偷喝，用涂改液在杯子上写了“别喝”，水还是不断减少。

某天吃完药，剩两片不想再吃了，顺手扔杯子里。第二天早晨来刚坐下，听见后方某男生低沉的声音幽怨地说：“够狠的啊，下药了！”

一家公司决定要通过一场考试裁掉几名员工，CEO出了一题：成语填空——一丝不___。

人事部不得其解，CEO交代答案：凡是填“苟”的，男的留下，女的走人；凡是填“挂”的，女的留下，男的走人。

某男一日闲来无事，去公园找乐子，遇见一算命先生，遂上前问卦。

算命先生盯着某男良久，道：“你是两个孩子的父亲。”

某男轻蔑地伸出三个指头：“那是你以为，我是三个孩子的父亲！”

算命先生停顿半刻，轻蔑地说：“那是你以为。”

记者采访一位百岁老人。

“请问城中老人长寿的秘诀是什么？”记者问。

老人叹口气：“没什么，不能死，死了给儿女添负担。”

一次期末考试前夜。晚上他听见爸妈在讨论，明早做什么早餐给他吃。

妈妈说：“要不做油条和鸡蛋吧，一根油条两个鸡蛋就是100分。

爸爸略加沉默后说：“考那么多科，100分不够。要不给他吃方便面吧，就吃那个‘统一100’。”

数学课，老师讲试卷，有道题很简单，但还是有很多同学答错，于是老师愤怒了：“这么简单的题，简直就是送分给你们，你们都不要？！”

一个女同学的回答很强大：“我妈说了，不是我的东西不能要。”

新招了个MM业务员，貌美，但是刚大学毕业半年。

今日，带她去拜访客户，在和客户交换名片的时候，客户说了句：“这次印的名片很难看。”

一旁一直默不做声的MM毫不迟疑地插了句：“你是不是把头像印上去了？”

火车站站长对记者说：“你们抱怨我们对火车晚点没有采取任何措施，这是没有根据的！难道你们没有发现，我们在候车室里又增加了三条长椅吗？”

“老兄有钱没有？借100元急用。”

“我只有50元，够不够？”

“好，先给我50元，剩下的50元，算是欠我的好了，过两天有钱时记着还给我！”

在火车站，一位初次进城的乡下男人走向售票处的窗口。他问售票员：“去长沙的火车票多少钱一张？”

“二百四十元，先生。”

乡下男人转过身，对他的妻子说：“就在这儿买吧，这里的八个售票处我全问过了，他们的票价都一样，可能他们预先就商量好了的……”

乞丐：“你能给我一根针吗？我好用来缝一下我的破衣服。”

吝啬人：“我在三层楼上，即使我把针给你扔下去，你也绝对找不到。”

乞丐：“你把针插在一块面包上扔下来吧。”

一朋友去看中医，大夫嘱托他每晚十一点前必须睡。隔一周，诸症未除，复诊。中医号脉，正色道：“还是晚睡，以后十一点前不睡就不要来看了。”友大惊，感叹祖国医学真是博大精深。大夫又道：“你昨晚12:14分以后才睡觉。”朋友弱弱地问：“这么准呀？”

大夫：“我加了你的关注。”

唉，用微博的中医伤不起呀！

一女穿着貂皮大衣走在街上，从后面跑来一男子，将其大衣扒下，接着给她一记耳光，怒曰："这么贵的玩意儿，不让你买，你非要买！"然后转身扬长而去。街上众人皆以为是夫妻，该女原地发呆良久，大叫："抢劫啊！"

女出纳："主管，这么晚去提款我害怕。"

主管："没办法，这笔资金有点儿急。"

女出纳："万一有歹徒劫色怎么办。"

主管："你拿手电筒去。"

女出纳："这个有什么用？"

主管："遇到了歹徒，你照一下自己的脸。"

最新最火的牛掰段子

2012年，送给自己的几句话：

别和小人过不去，因为他本来就过不去；

别和社会过不去，因为你会过不去；

别和自己过不去，因为一切都会过去；

别和亲人过不去，因为他们会不让你过去；

别和往事过不去，因为它已经过去；

别和现实过不去，因为你还要过下去。

未婚者的悲哀——传说2010寡妇年，2011光棍年，2012世界末日！

快过年了，以前该省钱的时候我一分钱没省下来；现在真的省下来了，钱又不值钱了！

在超市里，看见一只五花大绑着的螃蟹从18.9元的冰柜里往28.9元的柜子里爬。我泪流满面，你太TM有上进心了！

遇见两个法国人。一个可能是教汉语的老师，另一个应该是他的学生。老师高兴地指着中国日历对学生说："看，这两个字念'雷锋'。这是雷锋纪念日。他在中国非常有名，因为他生前帮助过很多人。”学生佩服地说：“啊，你真是见多识广！”说完两人高兴地走了。我凑过去一看，见日历上写的是：“霜降。”

“因为高考，你人生中最美好的两年被毁了。十六七岁应该是谈恋爱，组建自己的乐队，去心动的地方旅游，做一切今后再也没胆量做的事情的年纪。”——一个英国本科生这样对一名中国高中生说。

别觉得你被世界抛弃了，世界根本就没空搭理你。

老婆问老公：“我要是疯了，你还会爱我吗？”

老公坚定地说：“爱！”

老婆沉思了一会儿，忧愁地说：“你果然爱的是我的外表！”

不成熟的男人会为了理想壮烈赴死，成熟的男人会为了理想苟且偷生！

最给力的个人年终总结：

存在问题：好吃饭、好泡妞、好打牌、好喝酒。

分析原因：饭好吃、妞好泡、牌好打、酒好喝。

总结经验：吃饭好、泡妞好、打牌好、喝酒好。

整改措施：饭吃好、妞泡好、牌打好、酒喝好。

努力方向：吃好饭、泡好妞、打好牌、喝好酒。

妈妈再也不用担心我的学习了！So easy！真想有个步步高打火机，拿着教科书，哪里不会点哪里！

大哥你是了解我的，我从来不抄人答案，我喜欢被抄……

大哥你是了解我的，以我的习惯，万事不求人，挂了也不抄人家的……

大哥你是了解我的，如果是我抄，不会有人活着去告老师……

大哥你是了解我的，我老五虽然读书时间最长，我、我至今，俗称挂科男。

元旦怎么过？

领导——

对老婆说：吃饭！睡觉！

对美女说：吃个饭，睡个觉。

对情人说：吃吃饭，睡睡觉。

对小蜜说：吃饭饭，睡觉觉。

对员工说：吃什么饭！睡什么觉！加班！

某天深夜，偶起来上厕所，见一透明状东西左忽右闪，吾问："你是鬼？"鬼曰："嗯。"吾："QQ号多少？"鬼："……"

一般的女秘书会说："老板，早晨好！"

优秀的女秘书则说："老板，早晨了！"

更优秀的秘书会说："老板，不早了。"

聪明的秘书会说："老板，不早了吧？"

体贴的秘书会说："老板，还早呢！"

有心的秘书会说："老板，还早吧？"

失败的秘书会说："老板，太早了吧？"

英语老师为了强调词汇积累的重要性，说：“一个单词念十遍，这个词就会跟随你一辈子。”

教室最后一排的女孩闻听忽然念叨起来：“money，money，money……”

能回忆从前，说明你在成长。回忆从前你笑了，说明你长大了；回忆从前你哭了，说明你成熟了；回忆从前你漠然了，说明你世故了；回忆从前你感慨了，说明你无奈了；回忆从前你淡定了，说明你开始老了。

有个人问他的朋友：“你为什么一抽烟就笑，是不是烟很香啊？”朋友回答：“哪里，我刚看到书上说，抽一支香烟减寿5秒，笑一笑则长寿10秒。所以每次抽烟我就要笑一笑，为生命赚回5秒钟。”

期末考试说远也不远了，望同学们以突击为主，作弊为辅：采取“师进我藏，师退我抄”的迂回作战方针！送你一副对联，上联：考试不作弊来年当学弟；下联：宁可没人格不能不及格；横批：死也要过。考试必要技巧：三长一短选最短；三短一长选最长；长短不一要选B；参差不齐就选D。以抄为主，以猜为辅，猜抄结合，一定及格！

2012年“幸福”指南：

家里没病人，牢里没亲人，外头没仇人，圈里没小人，身边没坏人，升官有贵人，办事有熟人，谈笑有哲人，聚会有高人，喝茶有贤人，家务有用人，闲聊有达人。

史上最拉轰的非主流

大家都知道，一般刚上大一都会进行一次消防演习。

一朋友，男，学校演习，朋友和室友被挑做火灾中的被困人员。

演习开始，校领导和辅导员在楼下组织演习。

朋友和其室友在楼上挥舞着袜子喊道：“大爷，上来玩啊！”

一位师兄在火车站遇到一位看起来很真诚的女孩，女孩说自己是来北京读考研班的，钱包被小偷扒走了，饥寒交迫，要师兄行善人民币若干，并拿出学生证给师兄看。看着她诚实的眼睛师兄很想掏钱……突然师兄灵光乍现，问女孩：“马克思主义认识论和唯心主义认识论的联系和区别是什么？”她：“……”

这招还真行！

我一同学的事情。

他们的学校学风不是很浓，到期末更是没人来上课。话说我同学还是很听话的 ，有一节课就去上了。结果是可以容纳100号人的教室竟然就他一个人来了。老师看到他如此好学的精神，一感动说：“同学我给你画重点吧！”极品的是，我同学来了句：“老师，我没带书……”

听朋友讲的，话说他曾在一所技校上学。一次他们班集结了一批人去打架，然后一群人就浩浩荡荡，好不威风地来到了一教室门口，领头的更是气势汹汹，霸气十足地一脚把门踹开……

里面厨师班三十多个人在磨菜刀。

领头的把门给带上了……

一个朋友去买了个大蛋糕回来，蛋糕上写着“诸葛藏藏”。我们都纳闷：“诸葛藏藏是谁呀？”朋友说：“就是为了多骗点儿奶油……”

小学第一次体检，要看视力表。我们以前都没看过，而医生不知道我们是第一次体检，也就没有跟我们讲体检表看的是E字的开口方向。结果我第一个上，就闹笑话了：

医生指着一个开口向右的E。

我：“大写的E！”（那时候没学英语，用的是汉语拼音的发音。）

医生愣了一下，又指了一个开口向下的E。

我：“大写的M！”

医生无语，但当时不知道他为什么没有指正我的错误，大概是想看看我还能玩出什么花样吧，就又指了一个开口向上的E。

我：“大写的W！”

医生无奈了，使出了最后一招，指了一个开口向左的E。

我：“这是个3……而且是计算器显示出来的3！”

然后医生无奈地把棍子放下，说：“小朋友们，我来跟你们讲一下怎么看视力表……”

有一天，我同学问我：“你知道什么动物最爱问为什么吗？”

我老早就知道了，但是我还是配合了。我说："不知道，是什么？"

同学："是猪啊。"

我："哦。"

……沉默了一会儿后……

同学："你不想知道为什么吗？"

我："不想。"

同学："为什么？"

据说汉语等级考试是全球三大BT的考试之一，虽然语速很慢，但是内容真的很……

举例说明：一听力短对话，男说："哟，今天你的牙齿好白啊！"女说："那是假牙。"男说："真的假的？"女说："真的。"

Question：请问这是真牙还是假牙？

这下老外就蒙鸟，彻底完全蒙鸟……

话说某次聚会，一哥们儿喝高了，我就送他回家。走的时候还能跟人打招呼，路上就不行了，白酒后劲大啊，跟死了一样。我怕出事，就扛他去医院了。把他安顿在病房后就去跟医生拿药去了，等我取完药回来，这哥们儿竟然醒了，正握住医院挂吊瓶的杆子，晃晃悠悠，嘴里还嘀咕着："这公交车开得太快了！"

郊游，有一项内容是风筝比赛，我校为展示财力雄厚制作了一只直径足有六七米的大型风筝，相当之拉风，因沙漠中无处固定，于是将其系于我班一胖子L的腰间，结果L不负众望，被风筝拖着滚出两千多米，等大家找到他的时候，这家伙已经口吐白沫。

后记：时至今日，学弟学妹们仍敬仰着这位为放风筝不惜献出生命的传奇学长，而该同学至今都不能看见风筝。

话说高中，我们有个外教叫Peter，他有羊角风。

有一天正在给我们上课的时候，他突然就倒在了讲台上，然后口吐白沫！我们吓坏了，赶紧去找班主任！班主任来了之后，把他的脑袋抱着，叫蹲在旁边看的一个男生去拿本书来（大家应该都知道吧，发羊角风的人有可能咬到自己的舌头，然后死亡，所以需要咬着一本书）。

恐怖的来了，这个笨小孩，拿来了一本《英汉大词典》……

妈妈单位里有一位同事叫袁健，他的老婆怀孕中，某日他和大家讨论宝宝的名字，请大家一起出谋划策。

各位同事各抒己见，某同事冒出来一句："爸爸叫袁健，儿子当然叫复印件啦！"

原件……复印件……

10号线上，见一巨美180mm以上洋妞倚门而立，一非主流丑陋猥琐160mm男上前搭讪，曰："嚎堵油犊？"洋妞一个甜美的微笑，答："Do什么Do！流氓！"

……全车安静了……连卖唱的瞎大爷瞎奶奶都投来了赞许的目光……

话说今天穿的套头衫背后有个口袋（不知道这样设计的人到底是怎么想的），回到宿舍午睡，脱衣服时掉出瓜子壳、糖纸若干，还有一字条："你现在一定是在脱衣服……"

朋友路痴，去新加坡出差，怕走丢。纠结中，看见自家的车，有了主意。

……

后来他媳妇开车，就发现 GPS 不见了……

“灰机”上，朋友扬扬得意地打开了GPS。

警示器拼命响起：“您超速！超速！超速！”

乘客：“……”

空姐：“……”

“灰机”：“……”

由于我们小区比较大，所以各位商家纷纷提供送货上门的服务。

这天，老爸想吃煎饼，就要老妈打电话要，过程如下：

老妈：“超市吧？你家有没有煎饼？”

超市：“有。”

突然老爸插话：“咱家冰箱里有，不用买了。”

然后，老妈特威风地对着电话说了一句：“呵呵，我家也有。”

超市：“……”

一同学成绩非常好，据说是因为有次他期末考得很差，暑假他爸带他去散心。走到一满是浮游植物的池塘，语重心长地说：“其实你平时学习没有落到实处，就像这浮萍，轻轻踩不会沉……（用脚示范）但是重重一踩……啊！”他爸掉池塘里了。

暴汗微博段子

好消息：阅读我的段子可以释放你的压力，保持心情愉悦。

坏消息：以上都是胡扯。

早上洗脸，一不小心把嘴巴洗没了。我当时就吓傻了，因为——我还没有刷牙呢。

完了，我写不出来了，没灵感了，因为我还是个处男。好吧，其实，我只是想找个借口，顺便说下我的需求。

刚才睡觉，忽然发现有人在扯我被子，我一脚就把他踹下了床……现在的鬼越来越胆大了，跟老子抢被子。

中午吃饭点了碗面，过了半个小时才来。面有点儿不好意思，说：“让你久等了。”我说：“作为惩罚，我要吃掉你。”

友情提示：当夏天来了的时候，吃饭饭的时候要小心，因为你可能会发现碗里有苍蝇，于是，你得花时间把它搅拌均匀……

有人问我，为什么我的笑话这么好笑。我说：“因为有你们的支持啊！”好吧，其实，并没有人这样问，但是……但是我都准备好了答案，你们为什么还不问?

我死后，灵魂不想一直待在同一个地方。所以，我的骨灰盒一定要放在热气球上，然后把热气球埋在土里。

我要睡觉了。好吧，我只想有个人对我说：“晚安。”然后我也回复“晚安”，然后，她说她现还不睡，然后我再趁机跟她聊天，然后又加了QQ，然后视频，然后有好感，然后表白，然后在一起，然后结婚，然后很幸福地生活在了一起……好吧，我又想多了。

我擦亮了阿拉丁神灯，对飘出来的灯神说：“我想满足你三个愿望。”

绝对震撼！教你在一分钟内还原三阶魔方，经测试，100%可行！首先你得具备以下三个条件：

1. 拥有一双活动自如的双手。

2. 拥有一个转动自如的魔方。

3. 具备30秒内还原魔方的能力。

如果我是一条微博，如果没有人转发或收藏或评论我，我会很难过。

失败并不可怕，可怕的是你还相信这句话。

早上叫醒我的不是闹钟，而是十米开外一只小蚂蚁的叹息。

刷牙三部曲：挤牙膏——倒杯水——认真刷牙——漱口——咽下去——味道好极了。

《聊斋》读后感：为什么？为什么没有聪明可爱美丽善良的女鬼MM疯狂地爱上我？我再也不看鬼故事了……我再也不背唐诗三百首了……

太阳：哈哈哈哈，我一直奇怪，我怎么只有一张脸，而且长得像大饼。

早上起床，发现闹钟不见了，只觉得嘴巴难受，肚子隐隐作痛，难道……难道……我拉开床头柜的抽屉，它果然在里面。

两男生同时向一女生表白，女生淡定道："你们周游世界后再回来跟我说。"一男生立马收拾行装准备出发，另一男生绕女生转了一圈，说出历史性的一句话："You are my world."瞬间秒杀……

最后，女生选择了比较帅的那位。

对不起，有些粉丝的评论，我没有回复，因为我得假装我有很多粉丝，那样的话，我就来不及回复，好吧……希望你们可以谅解我的心情，不用谢！

感谢大家的评论，我还是不能回复，因为我是哑巴。

我看见小鸟在天空自由自在地飞翔，好羡慕啊……如果我是小鸟的话，那我就可以随地拉屎了。

如何判断废话?

相信很多人都在意自己所说的话是不是废话，现提供一个简单的方法。如果你的话得到了所有人的肯定，那么，毫无疑问，你说了句废话。如果你的话得到了所有人的否定，那么，毫无疑问，你这句话连废话都不如。

没有人看不起你，只有你看不起你自己。好吧，前半句是错的，后半句可能是对的。

通告：@鸡腿又飞了全天28小时在线，专业解决各类情感问题，欢迎私信咨询。好吧，仅限女生。好吧，仅限漂亮女生。好吧，仅限漂亮的聪明的女生。好吧，仅限漂亮的聪明的知性的感性而又性感的女生。好吧，仅限漂亮的聪明的知性而又感性而又性感会做饭会洗衣服的女生……

我不喜欢看海绵宝宝，因为别人看到了会认为我很幼稚。所以，我一般在没有人的时候，偷偷摸摸地看。

每次抓到吸血的蚊子，我都会静下心来跟它思想教育一番，然后告诉它以后再也不能这样子干了……最后再一巴掌拍死它。

邻居家的小孩来我家，总是乱动电脑啊、相机啊，怎么办?

……好吧，其实并没有这么调皮的孩子，我只是想问一下，如果有这么调皮的孩子，来我家乱动我家的电脑、相机怎么办?

……好吧，其实我家并没有电脑、相机，我只是想问下，如果我家有电脑、相机，如果邻居家还有个调皮的孩子，怎么办?

烤面包：我似乎闻到了烤面包的香味。

我感觉良好，我对现状很满意，对自己的工作也充满了希冀，我……只要你一本正经地说：这些鬼话居然都有人相信。

刚才一架UFO停在我家后院！！！现在，我被ET劫持了！！！他们让我用新浪微博发出求救信号！！！SOS！！！紧急求救！！！

前天晚上睡不着，数星星，数到一半，下起了华丽丽的流星雨，完了，刚才数的星星都掉光了。

昨晚睡不着，数月亮，数到一半就睡着了。

有IQ的人你伤不起

她睡了

昨天晚上，宿舍哥几个刚进入梦乡，突然电话响起，离电话最近的哥们儿极不情愿地起来接电话。其他几位纷纷表示这是宿舍谁的电话就把谁扒了扔出宿舍，在讨伐声中电话被接起。电话那头传来一羞涩男生的声音：“麻烦叫一下汪婷婷。”接电话的哥们儿冷笑一下幽幽地说了句：“她睡了！”然后挂电话拔线……

借花献佛

演唱会上，一哥们儿激动地拿着话筒对台上的明星说：“我是你最忠实的粉丝，我几乎参加了你的每一场演唱会，今天终于等到了机会，您能和我女朋友合张影吗？”明星觉得很感动，毫不犹豫地答应了。这哥们儿听了高兴地对着台下问：“太好了！那么各位美女，谁愿意当我女朋友？”

幼儿园有

儿子放假时去我上班的医院玩。吃饭时，护士小丽故意逗儿子道：“我做你女朋友，要不要？”见儿子不回答，旁边的袁医生不死心地追问：“女朋友你都不要啊？”儿子抬起头来，看了袁医生一眼，用不屑的口气非常响亮地答道：“我幼儿园有。”

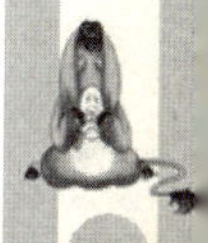

中韩斗菜

中：我扔你一脸烤鸭！

韩：我扔你一脸泡菜！

中：我扔你一脸水煮肉片！

韩：我扔你一脸泡菜！

中：我扔你一脸剁椒鱼头！

韩：我扔你一脸泡菜！

中：我扔你一脸兰州拉面！

韩：我扔你一脸泡菜！

中：我扔你一脸郑州烩面！

韩：我扔你一脸泡菜！

中：我扔你一脸三头宴！

韩：我扔你一脸泡菜！

中：我扔你一脸满汉全席！

韩：我扔你一脸泡菜！

……

宋词的真相

这么多年来，我感觉宋词可以总结为这八句话：小资喝花酒，老兵坐床头。知青咏古自助游，皇上宫中愁。剩女宅家里，萝莉嫁王侯。名媛丈夫死得早，MM在青楼。

聊天的含义

哈：①哈，代表附和。②哈哈，代表敷衍。③哈哈哈，代表认同。④哈哈哈哈，代表陌生。

呵：①呵，代表拘谨。②呵呵，代表装逼。③呵呵呵，代表应付。④呵呵呵呵，代表随便。

哼：①哼，代表调皮。②哼哼，代表可爱。③哼哼哼，代表无聊。④哼哼哼哼，代表蛋疼。

躺在我床上干什么?

某妇在公园里感觉累了，便仰卧在一张长椅上放松一下。一乞丐过来要非礼她，妇大怒，乞丐也不乐意：“你既然不愿意，躺在我床上干什么？”

哲学问题

进入一个陌生的小区被保安拦住，被问了三个哲学上的终极问题：“你是谁？”“你从哪里来？”“你要到哪里去？”于是我陷入了沉思……

不同之处

老师问：“试列举说明法律一词中‘法’与‘律’有何不同？”

某女学生答：“当然不同，如果我告诉我妈妈，我的男朋友是‘律师’，她会很高兴；如果我说男朋友是‘法师’，她一定会打死我！”

屈原泉

领导去汨罗视察，当地旅游局负责接待。走到一座山下，导游对领导说：“前面有一处名胜。”领导问：“什么名胜？”导游说：“是一口泉，屈原泉。”领导又问了一遍：“什么泉？”导游复述说：“屈——原——泉。”领导怒道：“就你懂拼音！”

中国式家长

5岁：孩子，我给你报了少年宫。

7岁：孩子，我给你报了奥数班。

15岁：孩子，我给你报了重点中学。

18岁：孩子，我给你报了高考突击班。

23岁：孩子，我给你报了公务员。

32岁：孩子，我给你报了《非诚勿扰》……

舅舅压力很大

舅舅来家里做客，小文却对妈妈说：“妈妈，我要去动物园看猴子。”妈妈立即怒骂道：“看什么猴子？你舅舅在这儿，你还去什么动物园？”

前无古人后无来者的超级俏皮话

姐不是蒙娜丽莎，不会对每个人都微笑。

哥吸烟是因为它只伤肺，不伤心！

没了寂寞，谁陪我。

你信不信我一巴掌把你拍墙上，抠都抠不下来！

能被抢走的爱人，那不叫爱人。

你要是鲜花，以后牛都不敢拉屎了！

那些允许被挥霍的年代叫做青春。

做有良心的男人，找有气质的女人。

我怀旧——是因为我看不到未来。

我太佩服我自己了，有时候照镜子的时候都给自己磕头！

别在我的坟前哭，弄脏了我轮回的路。

不怕喝敌敌畏，就怕开盖有惊喜——畅享多一瓶！

年轻的时候，我们常常冲着镜子做鬼脸；年老的时候，镜子算是扯平了。

当两个人遇见，接下来的不是故事就是事故。

我视金钱如粪土，我爸视我为化粪池。

有事直接奔主题，不要拿你的无知，挑战我的黑名单。

都说沉默是金，是不是沉默久了就会有很多金子啊？

本人口重，拟禁喝可乐，改喝急支糖浆。

卑微的表面，掩饰内心的变态。

医生，麻烦你给我开点儿后悔药，再给我杯忘情水。

我从不说谎，除了这句话以外。

一个人时，善待自己；两个人时，善待对方。

如果你看到面前的阴影，别怕，那是因为你的背后有阳光。

旋转木马是最残忍的游戏，彼此追逐却有永恒的距离！

人生没有彩排的机会，每时每刻都是在现场直播。

强者不是没有眼泪，只是可以含着眼泪向前跑。

再烦，就把你绑到草船上借箭去。

人生如戏，全靠演技。

有些人就是这样，自己是蛆就觉得全世界是一个大粪池。

真爱就像UFO，都只是听说过，但没人见过。

后悔的事我不做， 我只做让你后悔的事 。

我一直在强调做人要低调，可你们非要给我掌声和尖叫。

地球是运动的，一个人不会永远处在倒霉的位置。

世界快末日了，有件事情我一直瞒着你，其实我是奥特曼。

亲爱的，你可得一定要相信我啊，我连坐船都头晕，更何况是脚踏两只船呢?

最美的不是下雨天，是曾与你躲过雨的屋檐。

五毛和五毛是最幸福的，因为它们凑成了一块。

姐不是巴黎欧莱雅，不值得你拥有。

梦想这回事，就是用来破灭的吧。

一个人的寂寞，是两个人的错。

我不是天桥上算命的，唠不出那些你爱听的嗑儿。

握不住的沙，干脆扬了它。

眼睛为你下着雨，心却为你撑着伞。

不怕讨债的是英雄，就怕欠债的是真穷！

我的签名很贵，尤其是签在支票上面。

人不能太方，也不能太圆，一个是会伤人，一个是会让人远离你，因此人要椭圆。

我喜欢你，关你什么事？

吃饭不吃菜，省钱谈恋爱。

肖邦，你若弹出我的悲伤，我就给你两块钱。

要不是打不过你，早跟你翻脸了。

虽然你身上喷了古龙香水，但我还能隐约闻到一股人渣味。

誓言只是一时的失言。

广告看的好好的，突然蹦出个电视剧！

你不是仙人掌，又何必那么坚强。

我不是有钱人的后代，但是我要做有钱人的祖宗！

我还年轻，需要指点，但是，不需要您对我指指点点……

就算再想哭，也要微笑着说一句：你大爷的！

为了你的奥迪，我的迪奥，我们要加油！

脑袋空不要紧，关键是不要进水。

我允许你走进我的世界，但不允许你在我的世界走来走去。

喜欢我一下，你会死啊！

新时代女性的新要求：上得了厅堂，下得了厨房，写得了代码，查得出异常，杀得了木马， 翻得了围墙，开得起好车，买得起新房，斗得过二奶，打得过流氓……

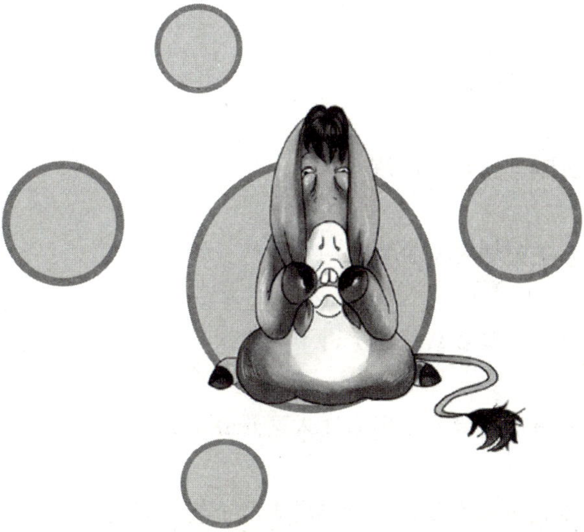

个性语录神马的，最牛了

来不及娶我没关系，我会做你儿媳妇的，反正死也要做你们家的鬼。

知道你过得不好，我就安心了。

这位帅哥，你好像我下一任男朋友。

伯母你好，我是你儿子的男朋友。

不要叫我宅女，请叫我“居里夫人”。

真羡慕你这么年轻就认识我了。

最近总是失眠，16小时就醒一次。

大叔，帮我在配偶栏签个名呗?

人人都说我丑，其实我只是美得不明显。

你有什么不开心的事？说出来让大家开心一下。

别到处嚷嚷世界抛弃了你，世界原本就不属于你。

我们要向前看，不错过些歪瓜劣枣怎么知道什么是好。

你到底喜欢我什么，我改还不成吗?

我若为王，你必为后。

如果我真的好，你为什么不要?

我多想一个不小心就和你白头偕老。

我曾经爱过的男孩，有着世界上最英俊的侧脸。

别轻易对别人说爱，别固执地将别人的心门打开，又玩笑着离开。

如有来生，请别用情至深。

爱情是一杯酒，我小心翼翼捧给心爱的人；他不小心碰洒了，于是我兑上了水。

有人向你索取东西，要微笑着望向他：你要用什么来和我换?

生活不是林黛玉，不会因为忧伤而风情万种。

已经将整个青春都用来检讨青春，还要把整个生命都用来怀疑生命?

如果玫瑰很香，我会喜欢玫瑰。这玫瑰真的很香，那好，我喜欢这束玫瑰，但请把上面的脏手拿开。

请转告王子，老娘还在披荆斩棘的路上，还有雪山未翻、大河未过、巨龙未杀、帅哥未泡……叫他继续死睡吧！

当初惊艳，完完全全，只因世面见得少。

对你微笑，纯属礼貌。

有事找我，没事找事找我。

人和猪的区别就是：猪一直是猪，而人有时却不是人。

明骚易躲，暗贱难防。

你喜欢我这件事，我允许了。

你说你喜欢我？其实……我一开始……其实我也……唉，跟你说了吧，其实我也挺喜欢我自己的。

生命这么长，等你几年算什么。

你说你以后可能会和不喜欢的人结婚，没关系，我愿意做那个你不喜欢的人。

让我流泪的人，我一定会让他流血。

天雷滚滚，彻底震惊鸟

啊，没事，就是清明上坟的时候，突然想起你，为什么那么多人死，你还不死呢?

玩感情？我会让你哭得很有节奏。

贱人永远都是贱人，就算经济危机了，你也贵不了！

别在分手的时候和我说：其实你很好。NND，那你还甩我?

唾沫是用来数钞票的，而不是用来讲道理的。

不该看的不看，不该说的不说，不该听的不听，不该想的不想，该干什么干什么去。

少在我面前拽得跟二五八万似的，摆好Pose再装。

我们只有一个地球，所以你要爱护地球；地球上只有一个我，所以你也要爱护我！

开心了就笑，不开心了就过会儿再笑！

高兴了就乐，不高兴了就使劲儿乐！

这几天除了吵架什么都没干。一种架各种吵，是我不懂事还是把你当人看了？

唯一可以霸占男人回忆的方法就是：活得更好！

那些人的名字，有些我忘了，有些我却会永远记得。正如，有的人，曾经是无话不说，最后却无话可说……

生活就是：生出来，活下去。

如果你觉得自己很牛B，那你一定是傻B。

我是心眼小，但是不缺；我是脾气好，但不是没有！

时间不知不觉，我们后知后觉。

我以为你只是1和3中间的数，没想到你还是1和3俩数的组合。

自己选择45°仰视别人，就休怪他人135°俯视看你。

活着就应该像柯南那样，有一种我走到哪里就让别人死到哪里的霸气！

永远年轻，永远装嫩，永远不知好歹，永远热泪盈眶。

很多时候，你只是某个人的练爱对象而非恋爱对象。

你攒够四块五，我也攒够四块五，我们就可以去民政局结婚了。

个人感觉，在网络上要转向“慢”了，资讯越快，越是要等几天让事实浮现。第一时间人肉，第一时间谴责，第一时间落泪，都无太多必要。

你来我信你不会走，你走我当你没来过——我们该这样对待缘分与爱。

上了年纪的最大好处就是：年轻时得不到的东西，现在你不想要了。

世界上所有男人都是骗子，不管是漂亮还是不漂亮的女人都会被骗。有所不同的是，幸运的女人找到了一个大骗子，骗了她一辈子；不幸的女人找到了一个小骗子，骗了她一阵子。

曾以为我是那崖畔的一朵花，后来才知道，不过是人海一粒渣。

现在你骂我，是因为你还不了解我，等你以后了解我了，你一定会动手打我的。

一日不读书，无人看得出；一周不读书，开始会爆粗；一月不读书，智商输给猪。

有的人聪明得像天气，多变；有的人傻得像天气预报，变天他都看不出来。

马不停蹄的错过，轻而易举的辜负，不知不觉的陌路。

一切问题最终都是时间问题，一切烦恼其实都是自寻烦恼。

人永远不知道，谁哪次不经意地跟你说了“再见”之后就真的再也不见了。

很多事都介于“不说憋屈”和“说了矫情”之间。

通往成功的路，总是在施工中。

——你喜欢我天使的脸孔，还是魔鬼的身材？
——我就喜欢你这种幽默感。

我不下地狱，谁爱下谁下。

我也不是非你不可，你也不是非我不可。真是一场误会。

想你的眉目想到模糊——突然觉得，思念大都如此，越来越淡。

忍不住冒冷汗的冷笑话

从前，有个人钓鱼，钓到了一条鱿鱼。

鱿鱼求他：“你放了我吧，别把我烤来吃啊。”

那个人说：“好的，那么我来考你几个问题吧。”

鱿鱼很开心说：“你考吧你考吧！”

然后这人就把鱿鱼给烤了……

一留学生在美国考驾照，前方路标提示左转，他不是很确定，问考官：“Turn left？”

答：“Right！”

于是……挂了。

有一天绿豆自杀从5楼跳下来，流了很多血，变成了红豆；一直流脓，又变成了黄豆；伤口结了疤，最后成了黑豆。

小明理了头发，第二天来到学校，同学们看到他的新发型，笑道：“小明，你的头型好像个风筝哦！”小明觉得很委屈，就跑到外面哭。哭着哭着，他就飞起来了……

有个人长得像洋葱，走着走着就哭了……

小企鹅有一天问奶奶："奶奶，我是不是一只企鹅啊？"

"是啊，你当然是企鹅。"

小企鹅又问爸爸："爸爸，我是不是一只企鹅啊？"

"是啊，你是企鹅啊，怎么了？"

"可是，可是我怎么觉得那么冷呢？"

有一对玉米相爱了……

于是它们决定结婚。

结婚那天，一个玉米找不到另一个玉米了……

这个玉米就问身旁的爆米花："你看到我们家玉米了吗？"

爆米花："亲爱的，人家穿婚纱了嘛……"

音乐课上，老师弹了一首贝多芬的曲子。

小明问小华："你懂音乐吗？"

小华："是的。"

小明："那你知道老师在弹什么吗？"

小华："钢琴。"

问："有两个人掉到陷阱里了，死的人叫死人，活人叫什么？"

答："叫救命啦！"

问："布和纸怕什么？"

答："布怕一万，纸怕万一。"

原因：不（布）怕一万，只（纸）怕万一。

有一天有位婆婆坐车，坐到中途婆婆不认识路了。

婆婆用棍子打司机屁股说：“这是哪儿？”

司机：“这是我的屁股……”

一个鸡蛋去茶馆喝茶，结果它变成了茶叶蛋；

一个鸡蛋跑去松花江游泳，结果它变成了松花蛋；

一个鸡蛋跑到了山东，结果变成了鲁（卤）蛋；

一个鸡蛋无家可归，结果它变成了野鸡蛋；

一个鸡蛋在路上不小心摔了一跤，倒在地上，结果变成了导弹；

一个鸡蛋跑到人家院子里去了，结果变成了原子弹；

一个鸡蛋跑到青藏高原，结果变成了氢弹；

一个鸡蛋生病了，结果变成了坏蛋；

一个鸡蛋嫁人了，结果变成了浑蛋；

一个鸡蛋跑到河里游泳，结果变成了核弹；

一个鸡蛋跑到花丛中去了，结果变成了花旦；

一个鸡蛋骑着一匹马，拿着一把刀，原来是刀马旦；

一个鸡蛋是母的，长的很丑，结果就变成了恐龙蛋；

一个鸡蛋……

抢答节目中。

主持人问：“猫是否会爬树？”

老鹰抢答：“会！”

主持人：“举例说明！”

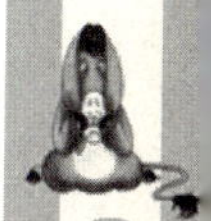

老鹰含泪："那年，我睡熟了，猫爬上了树……后来就有了猫头鹰……"

俩屎壳郎讨论福利彩票，甲说："我要中了大奖，就把方圆五十里的厕所都买下来，每天吃个够！"

乙说："你丫太俗了！我要是中了大奖就包一活人，每天吃新鲜的！

甲："那个人在干什么？"

乙："他在发抖。"

甲："他为什么要发抖呢？"

乙："他冷呀！"

甲："哦，原来发抖就不会冷啦！"

乙："……"

香蕉先生和女朋友约会，走在街上，天气很热，香蕉先生就把衣服脱掉了，之后，他的女朋友就摔倒了……

一个香肠被关在冰箱里，感觉很冷，然后看了看身边的另一根，有了点儿安慰，说："看你都冻成这样了，全身都是冰！"结果那根说："对不起，我是冰棒。"

从前有一个棉花糖去打球，打了很长时间，他说："好累啊，我觉得我整个人都软下来了……"

这位跳水运动员的动作难度很大，他做了一个转体三周接前空翻三周半接后空翻一个月。

MM找大学迷路了，遇见一位文质彬彬的教授。

MM："请问，我怎样才能到大学去？"

教授："只有努力读书，才可以上大学。"

局长与科长共乘电梯，局长放一屁后对科长说："你放屁了！"科长说："不是我放的……"不久科长被免职。局长在会上说："屁大的事你都担待不起，要你何用？"

有个人的名字叫杜子藤。

老师点名时问："杜子藤呢？"

同学说："他肚子疼。"

一女遇劫匪颤抖曰："俺是XX学校的，刚毕业，工作都没找到，真的没有钱……"

劫匪听后竟然痛哭流涕："妹子，俺也是XX学校的，你拿好学生证，前面抢劫的还是XX学校的，你放心，阿拉绝不抢自己人！"

一个盲人乞丐戴着墨镜在街上行乞。

一个醉汉走过来，觉得他可怜，就扔了一百元给他。

走了一段路，醉汉一回头，恰好看见那个盲人正对着太阳分辨那张百元大钞的真假。

醉汉过来一把夺回钱道："你TMD不想活了，竟敢骗老子！"

盲人乞丐一脸委屈说："大哥，真对不起啊，我是替一个朋友在这儿看一下，他是个瞎子，去上厕所了，其实我是个哑巴。”

“哦，是这样子啊。”于是醉汉扔下钱，又摇摇晃晃地走了……

A：“哎，你怎么学会抽烟了？”

B：“我从亚当夏娃偷吃禁果的时候就会了！”

C：“知道亚当夏娃为什么会偷吃禁果吗？”

AB：“不知！”

C：“因为亚当没有烟！”（提示：谐音一个字）

刚刚看师姐的电脑屏幕上方有个类似新闻滚动条的东西，上面的文字过得非常快。

偶好奇问：“这是歌词吗？”

师姐：“是呀！”

师姐：“怎么过得这么快？都没看清！”

师姐：“周杰伦的！”

妻：“我真是瞎了眼踩到狗屎才会嫁给你！”

夫：“我才真是瞎了眼踩到狗屎才会娶你！”

狗屎：“我好倒霉哦！躺在那里都被你们俩给踩到……”

高考化学题：“A和B可以相互转化，B在沸水中可以生成C，C在空气中氧化成D，D有臭鸡蛋气味，问A、B、C、D各是什么？”

我答：“A是鸡，B是生鸡蛋，C是熟鸡蛋，D当然是臭鸡蛋啦！”

问：“橡皮、老虎皮、狮子皮，哪一个最不好？”

答：“橡皮。”

因为橡皮擦（橡皮差）。

问：“三个头一只脚的是什么东西？

答案：“三个头一只脚的怪物！”

蚂蚁去沙漠，为什么沙子上没有留下它的脚印，而只留下一条线呢？

答案：因为它是骑脚踏车的！

蚂蚁从沙漠回家了，没有通知任何人，但是它的家人却知道它回来了，为什么啊？

答案：看见它停在楼下的脚踏车……

有一天，一个女吸毒犯被抓到警察局，警察看见她的手上有刺青，就问她：“你为什么把你男朋友的名字刺在手上？他叫小良是不是？啊？是不是？快说，他有没有吸毒？快说！”

只见那个女吸毒犯抬起头，带着愤怒的眼神对警察说：“这是恨啦……”

一天，小美和她男友开车出去兜风，车快没油了，刚好旁边有个加油站，开过去的时候，突然一阵狂风把男友的帽子刮跑了。

小美的男友对她说：“我去捡帽子，你帮我加油。”

男友刚跑开不远，就听到小美在他后面大喊：“加油！加油！”

一只猩猩经过树林，不小心踩到了长臂猿的粪便。

好心的猩猩打扫了粪便。

过了不久它们相爱了，别人问：“你们是怎么走到一起的？”

猩猩回答说：“是猿粪（缘分）！”

有一个胖子……

从高楼跳下……

结果变成了——

死胖子。

有一只鸭子叫小黄，有一天它过马路时被车撞了一下，大叫：“呱！”从此它就变成了小黄瓜……

有一只企鹅，它的家离北极熊家特别远，要是靠走的话，得走20年才能到。有一天，企鹅在家里待着特别无聊，准备去找北极熊玩，于是它出门了，可是走到一半的时候发现自己忘记锁门了，这时已经走了10年了，可是门还是得锁啊，于是企鹅又走回家去锁门。锁了门以后，企鹅再次出发去找北极熊，等于它花了40 年才到了北极熊的家……然后企鹅就敲门说：“北极熊，北极熊，企鹅找你玩来了！”结果北极熊开门后，你猜它说什么？

它说：“还是去你家玩吧！”

小白兔蹦蹦跳跳到面包房，问：“老板，你们有没有一百个小面包啊？”

老板：“啊，真抱歉，没有那么多。”

“这样啊……”小白兔垂头丧气地走了。

第二天，小白兔蹦蹦跳跳到面包房：“老板，有没有一百个小面包啊？”

老板：“对不起，还是没有啊。”

“这样啊……”小白兔又垂头丧气地走了。

第三天，小白兔蹦蹦跳跳到面包房：“老板，有没有一百个小面包啊？”

老板高兴地说：“有了，有了，今天我们有一百个小面包了！”

小白兔掏出钱：“太好了，我买两个！”

小明说：“阿康，有一只鲨鱼吃下了一颗绿豆，结果它变成了什么？”

阿康说：“我不知道，答案是什么？”小明说：“嘿嘿！答案是——绿豆沙（绿豆鲨），你很笨哦！”

老师问一同学：“怎么减少白色污染？”

同学答：“把饭盒做成蓝色。”

有个人肠胃不好。一天，他来到医院看病，对医生说：“我吃什么拉什么，吃西瓜拉西瓜，吃黄瓜拉黄瓜！”

医生想了想，对他说：“我看你只有吃屎了！”

飞机上，一位空中小姐问一个小女孩：“为什么飞机飞这么高都不会撞到星星呢？”小女孩回答道：“我知道，因为星星会闪啊！”

北极熊和企鹅在一起玩耍，企鹅把身上的毛一根一根地拔了下来，拔完后，对北极熊说：“好冷哦！”北极熊听了，也把自己身上的毛一根一根地拔了下来，转头对企鹅说：“果然很冷！”

Q：“非洲食人族的酋长吃什么？”

A：“人啊！”

Q：“那有一天，酋长病了，医生告诉他要吃素，那他吃什么？”

A：“吃植物人！”

冰箱里有两根香肠，过了很久，一根香肠抖了一下：“哇！好冷啊！”

另一根香肠十分惊奇地说：“咦？你是香肠，怎么会说话？”

有一天，有只公鹿越跑越快，跑到最后，它就变成高速公路（鹿）了。

有一天，老师带一群小朋友到山上采野果，宣布说：“小朋友，采完野果后，我们一起洗，洗完可以一起吃。”

所有小朋友都跑去采野果了。

集合时间一到，所有小朋友都集合了。

老师：“小华，你采到了什么？”

小华：“我在洗苹果，因为我采到了苹果。”

老师：“小美你呢？”

小美：“我在洗李子，因为我采到了李子。”

老师：“小朋友都很棒哦！那阿明你呢？”

阿明：“我在洗布鞋，因为我踩到大便。”

老师在课堂上对小明提问，小明站起来却一声不吭。

老师：“小明？”

……

老师：“小明？”

……

老师：“小明！你怎么回事啊？你到底知不知道答案啊？好歹吱一声啊！”

小明：“吱！”

小明：“今天几度啊？”

小华：“零下3度啊！”

小明：“难怪这么冷。”

有个小男孩，放学回家从窗外窥见一个女人躺在床上狂揉胸部，喊：“我要男人！我要男人！”

第二天，小男孩再从窗外过时，发现女人身边躺了个男人。”

于是小男孩回家躺在床上，狂揉胸部喊：“我要自行车！我要自行车！”

有一只北极熊，因为雪地太刺眼了，必须戴墨镜才能看清东西，可是它找不到墨镜，于是闭着眼睛爬来爬去在地上找，爬呀爬呀，手脚都爬得脏兮兮的才找到墨镜。它戴上墨镜，对着镜子一照，这才发现：“哦，原来我是一只熊猫！”

自然课，老师问：“为什么人死后身体是冷的？”

没人回答。

老师又问：“没人知道吗？”

这时，有个同学站起来说：“那是因为心静自然凉。”

小明在一次车祸中失去了一条腿。

小明在一次车祸中又失去了一条腿。

又一次车祸中小明失去了另一条腿。

一次车祸中小明又失去了一条腿。

其实小明是一条狗。

三只小兔拉便便。

第一只是长条的。

第二只是圆球的。

第三只居然是三角形的。

问，它答：“我用手捏的。”

有一天，小强问他爸爸：“爸爸，我是不是傻孩子啊？”

爸爸说：“傻孩子，你怎么会是傻孩子呢？”

小明回家时，隔壁的狗突然跑出来咬他，他一气之下拿起竹子要打它。

狗的主人看到小明打他的狗，就不高兴地说：“打狗也要看主人，没听过吗？”

这时小明说：“好！我会一边看着你，一边打你家的狗。”

虫虫：“小花，你用我的铅笔了吗？”

小花：“没有，我没用。”

虫虫：“你真没用？”

小花：“我真没用！”

虫虫：“唉，你是第17个承认自己没用的人了。”

蚂蚁从喜马拉雅山上摔下来后是怎么死的？

答：饿死的。因为太轻，所以飘下来要很久……

为什么小狗越变越小？

答：因为它越走越远。

从前，有一匹马，它跑着跑着就掉进海里。

所以，它变成了一只“海马”！

这匹马的另外一个马朋友，为了去找掉到海里的马，结果掉到河里。后来，他就变成了“河马”。

第三匹马是匹白马。它为了找失踪的两个朋友，来到了交通混乱的城市。

它连续被好几台车碾过，身上出现好几条黑条纹。

结果，它变成“斑马”了！

第四匹马为了寻找前面三个同伴，有一天，它来到一家工厂，结果被改造成“铁马”。

后来，那些马还是难逃被吃的命运，通通被做成了“萨其马”。

所有的马无一幸免，成了一个“无码”的世界……

然后，有一群人看到这个笑话后忍不住说：“妈的，真冷！”

最后，为了纪念这个笑话，有人将它编成课本，我们叫它“马赛克”！

小明欠地下钱庄20万，小明苦苦哀求多宽限几天。

钱庄的人说：“明天一定要还，不然的话，剁掉两根手指；后天的话，再剁四根；第三天的话……”

小明：“是不是不用还了？”

钱庄的人：“No，到时候你就变成小叮当了。”

有个人碰到上帝，上帝突然大发善心，打算满足那人一个愿望。

上帝问：“你有什么愿望吗？”

那个人想了想说：“听说猫都有9条命，那请您赐给我9条命吧！”

上帝说：“你的愿望实现了！”

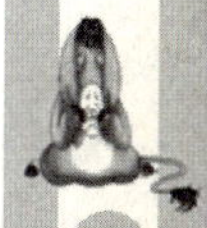

一天，那个人闲着无聊，想说去死一死算了，反正有9条命嘛，就躺在铁轨上。

结果一辆火车开过去，那人还是死了。

这是为什么呢?

因为那辆火车的车厢有10节。

一个家伙到医院去检查，并做了许多测试。

医生说："有好消息，也有坏消息。看过你的测试结果后，我发现你有潜在的同性恋倾向，而且难以根治。"

这个家伙说："我的天哪！那好消息呢？"

医生腼腆地说："我发现你还蛮可爱的耶！"

一个猎人带着猎狗去打猎，在林子里转了一天都没有猎物。

天黑了，不甘心的他还是骑马在林子里转。

马忽然说："你都不让我休息，想累死我啊？"

猎人听到吓了一跳，立刻从马背上滚下来，拉着猎狗就逃跑，跑到一棵大树下喘气时。狗拍拍胸口对他说："吓死我了，马居然会说话！"

于是猎人当场被吓死了。

狼、老虎和狮子一起玩游戏，谁一定会被淘汰?

答：狼。

因为：桃太郎（淘汰狼）。

一天，A捡了一面镜子，对着镜子照了照说："这里边的人好面熟啊！"

B说："是吗？我看看（接过镜子），我啊！连我你都不认识了啊？"

番茄A和番茄B去逛街。

B问A："我们去哪儿？"

A不回答。

B又问："我们去哪儿？"

A还是不回答。

B又问了一次。

番茄A转过头对番茄B说："我们不是番茄吗？为什么我们会说话呢？"

从前，有一只白猫和一只黑猫。

一天，白猫掉到水里去了。黑猫把它救了上来，白猫对黑猫说了一句话。

Q："这句话是什么？"

A："喵。"

A："你知道我昨天晚上在网吧干什么了吗？"

B："干什么了？"

A："上网呗！"

B："……"

两只苍蝇去吃饭。

小的问大的："大哥，为什么我们每天都要吃屎？"

大的说："吃饭的时候不要说这么恶心的东西！"

草船中。

鲁肃："这样真的可以借到箭吗，孔明先生？"

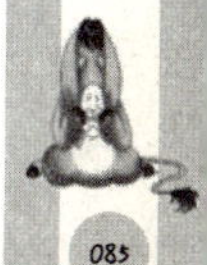

诸葛亮：“相信我。”

鲁肃：“我还是有些担心……”

诸葛亮：“没必要。”

鲁肃：“可是，你不觉得船里越来越热了吗？”

诸葛亮：“这么说起来是有一点儿……有什么不对劲吗？”

鲁肃：“是啊，我担心敌人射的是火箭……”

诸葛亮：“啊？！你会游泳吗……我不会……”

一猴子吃花生前都要先塞进屁股再拿出来吃。

对此管理员解释道：“曾有人喂它桃子，结果桃核拉不出来，猴子吓怕了，现在一定要量好再吃。”

精神病医院为防止病人出逃，外设100道墙。俩精神病患者仍欲逃出医院，于是夜里努力翻墙。至第30道墙下，“累了吗？”“不累。”于是二人继续向外翻。至第60道墙下，“你累了吗？”“不累。”于是二人继续向外翻。至第99道墙下，“你累了吗？”“累了。”“那好，我们翻回去吧。”

小明：“在某个溪边，有大宝、大雄、大志、大伟共四个男孩脱光光在玩水，突然有人在溪边电鱼，这四个男孩都被电到了！猜一种电器用品。”

阿康：“嗯……不知道耶！”

小明：“答案是电视机（电四鸡），嘿嘿！

小骆：“爸爸，为什么我们要有驼峰呢？”

驼爸：“因为沙漠中没有水，有驼峰才可以储存水分啊！”

小骆：“爸爸，为什么我们要有长长的毛呢？”

驼爸：“因为沙漠中风沙大，我们必须靠它阻挡风沙，才看得见啊！”

小骆：“爸爸，为什么我们要有厚厚的蹄呢？”

驼爸：“因为沙漠中都是沙，这样我们才站得稳啊！”

小骆：“爸爸，最后一个问题，那我们在动物园干什么呢？”

母鸡在孵蛋，有个蛋从它屁屁钻出来了。

母鸡：“你干什么？”

鸡蛋：“你放屁好臭……”

我女朋友约我去她家看电影。到了她家之后，她用签字笔在墙上写了“电影”两个字，我们两个就看了起来。

某日清晨，以严厉著称的某长官问晨练小兵：“你冷吗？”

小兵答：“不冷！”

长官恼：“那你颤什么？”

小兵答：“冻的！”

升级版冷笑话，冻死人

两个番茄过马路，一辆汽车飞驰而过，其中一个闪避不及被压扁，另一个番茄指着被压扁的番茄大笑道：“挖哈哈哈，番茄酱……”

大灰狼说：“我要吃了你！”你们猜，怎么了？

结果大灰狼就把小羊吃了。

火柴突然觉得头很痒，就伸手挠，挠着挠着就把自己烧死了……

阿松和阿柏无事闲聊，互道岁月不饶人。

阿松：“回忆儿童时代，过的最快乐的是儿童节。”

阿柏：“过了十年就是青年节。”

阿松：“再过十年就是父亲节。”

阿柏：“再过几十年就是老人节了。”

阿松：“又再过几十年……”

阿柏：“清明节。”

众士兵：“渴……渴……”

曹操：“大家再坚持一会儿！我曾经到过这个地方，记得附近有一片梅林，再走一会儿可能就到了。"

众士兵："有梅子吃呀！太好啦！"

半个时辰后，曹仁报："主公，探险队找到了大量水源！"

曹操："哈哈哈哈，大家听到了吗？终于有水喝啦！"

众士兵："不去！一定要找到梅子……"

一块三分熟的牛排和一块五分熟的牛排在大街上相遇了，为什么他们没打招呼呢？

因为……

因为……

因为他们都不熟啊！

提问："怎样使麻雀安静下来？"

回答："压它一下。"

原因：鸦雀无声（压雀无声）。

一大学生不幸被敌人抓住，敌人把他绑在了电线杆上，然后问他："说，你是哪里的？不说就电死你！"这个大学生回了敌人一句话，结果被电死了……

他说："我是电大的！"

甲："我带你去一个全部女生都没有穿胸罩的地方。"

乙："真的吗？在哪里？快带我去！"

甲："就在隔壁的幼儿园！"

“知道蜘蛛人是什么颜色的吗？”

“红色，错！”

“是白色的啦！不信你念念蜘蛛人的英文：spider man（是白的人）”

一群动物开完Party之后，冲进7-11便利商店买东西，因为太吵，被店员打了出来，却独留小羊在店里面，请问是为什么？

因为便利商店24小时不打烊啊……

玻璃杯和咖啡杯一起过马路，忽然有人大喊：“车子来啦！”

结果玻璃杯被车子撞到了，咖啡杯却没事，请问为什么？

因为咖啡杯有耳朵啊！

一匹马说：“我公司隆重推出新产品——马屁4号，简称MP4……”

我最讨厌两种人：

一是有种族歧视的；

二是黑人；

三是不识数的！

芹（菜）粪 是什么颜色的？

答案：黄色。

因为：秦始皇（芹屎黄）。

人的祖先是谁？

是花，因为花生仁。

古代人物中哪个人算是工薪族呢?

孟母。因为孟母三迁（千）。

老熊正要写日记，发现日记本已经用完了，他想出去再买一本回来写，但是已经晚上十二点了。最后他还是骑上脚踏车在漆黑的街上找，找了好久，终于找到一家还没打烊的书店。

有一个日记本他很喜欢，于是问老板多少钱。

老板用很低沉的声音说：“这是进口的，定价要70元……”

老熊说：“那么贵呀，可是我只带50元出来。”

老板说：“没关系，就算你50元好了。”

老熊很高兴地说：“谢谢老板。”

老板又用很低沉阴森的声音说：“你买回去的时候，千万不要翻开最后一页，不然会发生很恐怖的事情，到时不要怪我没提醒你啊！”

老熊说：“嗯，我知道了。”

老熊把日记本买回家了，他把包装拆掉，放在房间里窗户前的桌子上。这时，他想先洗个澡再出来写日记……

洗完澡之后，老熊发现书桌前的窗户竟然被打开了，风把日记本一页一页地吹开……快吹到最后一页时，老熊上前去阻止，但已经来不及了，最后一页还是被风吹开了。

恐怖的事发生了……只见老熊尖叫了一声，因为他看到最后一页写着：

“定价：3 元。”

一个桃子在路上走，走着走着突然说：“我的心好硬啊！”

一个核桃在路上走，走着走着突然说：“我的脸好厚啊！”

一个可乐罐在路上走，走着走着感觉很无聊，突然说："我好可乐啊！"

一个暖气在路上走，顺手帮助了路人，走着走着突然说："我好热心啊！"

一把钥匙在路上走，走着走着突然说："我是屈原啊！吾将上下而求锁啊！"

一个电表在路上走，走着走着突然说："我是文人啊！众里寻他千百度啊！"

一只蝌蚪在路上走，走着走着遇见了另一只蝌蚪，走着走着突然说："我俩可不是QQ啊！"

一个山楂结婚了，在路上走，走着走着突然说："我的脸好红啊！"

一个山楂离婚了，在路上走，走着走着突然说："我的心好酸啊！"

一个山楂复婚了，在路上走，走着走着突然说："我的肚子里有子了啊！"

一个茶叶包在路上走，走着走着突然说："我好想被人泡啊！"

一个打火机在路上走，走着走着突然说："我的肚子里全是气，想发火啊！"

一只蟑螂在路上走，走着走着突然说："我强啊！"

一个顶针在路上走，走着走着突然说："我顶啊！"

一只雪糕在路上走，走着走着突然说："我寒啊！"

一只蜘蛛在路上走，走着走着突然说："我还是想趴网上啊！"

一条鱼在路上走，走着走着突然说："我喜欢天天潜水啊！"

一只老鹰在路上走，遇见了狗熊，走着走着突然说："我俩演鹰熊啊！"

一个指南针在路上走，走着走着突然说："我怎么找不着北啊？"

一条蚯蚓在路上走，走着走着突然说："我怎么找不到腿啊？"

从前有张席梦思在闭目养神，突然觉得好像少了点儿什么，想着想着听见门铃响了，开门一看，原来是电热毯刚约会完回来了。

席梦思一把抱住电热毯说：“兄弟，你可回来了，俺都冷死了！”

一个德国人、法国人及一个日本人要到矿场工作。

老板是美国人，他对德国人说：“你体格不错，你负责苦力。”

对法国人说：“你说你是工程师，你负责采矿的计划。”

对日本人说：“你很瘦小，你负责supplies（补给）。”

隔周，他们开始工作。

几天后，德国人、法国人发现日本人不见了，找了很久后他们决定还是先回去工作。

德国人开始工作的时候，日本人突然跳了出来，大声叫道：

“Surprise！”

有一个躲猫猫社团，他们的团长直到现在还没找到……

小红问：“你搅拌咖啡的时候，用右手还是左手？”

小美说：“右手。”

小红说：“哦，你好厉害哦，都不会怕烫，像我都用汤匙的。”

一个伐木工人去应征工作。

工头：“前面的树林你去试试看，看你一分钟能锯几棵树。”

过了一分钟……

工头：“哇！一分钟20棵，太厉害了！你以前在哪儿工作的？”

工人：“撒哈拉森林……”

工头：“没听过……我只听过撒哈拉沙漠啦……”

工人：“对啊，后来改名字啦！”

有一天，绿豆跟他女朋友分手了。

它一直哭一直哭……

很伤心地一直哭……

结果——

它发芽了！

有一天，一坨黑色的大便看到了一坨白色的大便。

黑大便问：“你为啥长得那么白那么漂亮？”

白大便听了非常生气！

它说：“我又不是大便，我是冰淇淋！”

一家软件公司正在招聘。

这天，一只狗跑来应聘，主管觉得很郁闷，想把狗赶出去。狗拿出一张纸跟一支笔，很工整地写了几个字：请不要歧视动物。

总管知道这不是普通的狗，出于好奇，他决定试一下。

总管拿出应聘的条件，上面写着：

1. 必须会打字。

2. 必须会编程。

3. 至少精通一门外语。

于是狗来到计算机前，很熟练地打了一篇文章，又编写了一个很复杂的程序，然后来到主管前面，对着主管说：“喵！”

有一天，动物们在关公庙前面闻到很臭的味道。

蛇说：“我这么小，不会放这么臭的屁，一定是牛。”

牛说：“我是吃草的，不会放这么臭的屁。”

猪说：“放屁的人一定会脸红。”

忽然关公冲了出来，把猪打飞说：“说了多少次了，我脸红是天生的！”

他，本来就不是一个浪漫的人。

自从他知道她喜欢玫瑰花，而且有一个地方可以买到又便宜又漂亮的玫瑰花后，偶尔也会刻意去买十一朵玫瑰花送给她。

收到他送的花，她高兴的神情中总是不经意地显露出疑惑的眼神。

直到有一天，她在书上看到花朵数代表的花语后才知道，送花不一定要成双成对，而且，十一朵玫瑰花所代表的花语还真令人感动呢！

可是，她还是希望能听到他亲口说出。

当她问十一朵玫瑰花代表些什么，他竟支支吾吾。

他赶快去问花农十一朵玫瑰花的花语，花农说：“种了三十年的花，没听过什么花的语言，倒是常常听到来买花的男人向女人说些花言巧语。”

“那为什么你卖花每把都是十一朵？”他疑惑地问。

花农说：“因为……买十送一啊。”

哇哈哈，笑晕鸟

有个人发了个帖子：“我只有300万，大家说是买奔驰好还是法拉利好呀？”

有个人回帖：“最好买300辆二手QQ，再雇300个司机，让他们跟在你后面开，一会排成S，一回排成B。”

高中的时候学校安了监视器，有学生不爽，在摄像头上贴了一张林志颖的照片。数日后开学生大会时，校长愤怒：“不知是哪位同学，趴在监视器上不下来，好几天了，你不饿吗？！”

——“今天早上地铁里，我差点被挤成照片……”

——“照片有什么可怕的？可怕的是和恶心的男人搞成合影！”

一只乌龟从一堆大便上走过，却只在上面留下三个脚印。为什么？

因为它一只手捏着鼻子！

提问：为什么暑假一定比寒假长？

回答：因为热胀冷缩。

今天我问同事在听什么歌，他头也没有抬，回了我一句：“周杰棍的双截伦。”当时我就笑晕鸟……

想起大学的时候，问我一同学最喜欢哪个日本明星，他回答：“法井酒子……”

男：“我真的爱你，求你做我的女朋友吧！”

女：“可是我对你根本就没感觉！”

男：“那好，你告诉我我哪一点不好，我改！”

女：“那你先告诉我我哪一点好，我改！”

问食堂：“天冷，吃什么东西比较有助于保暖？”

答：“吃点儿棉花有助于保暖……”

闹！再闹老子就把你送到校医院！

热烈庆祝我校食堂年末返利促销大行动！

我只得了参与奖——5毛硬币，不过是在菜里找到的！

二手的大学高数课本待出售，九成新，有成绩单为证！

一天逛小吃街，发现一家卖蛋挞的店，每一种看起来都十分美味可口，想买个来试试。

我问店员：“请问这是单卖的吗？”

店员：“不，这是日本的。”

一个馒头在路上走着，他饿了，就去吃东西，然后就变成包子了。

一个包子吃多了东西，拉肚子，然后他就变成馒头了。

一个馒头在路上走，发生了车祸，他就变成饼干了。

一个包子在路上走，发生了车祸，他就变成夹心饼干了。

大明的老婆要生产了。

大明在产房外焦急地等待 。突然，大明听到“哇”的一声之后，一个护士抱着他的孩子出来了。

大明连忙问是男是女。

护士说：“你猜？”

“男的？”

“不对。”

“女的？”

“你真聪明，两下就猜到了。”

一位女同志找工作时，老板问：“你有几个小孩？”

她回答：“五个。”

老板问：“那他们叫什么名字？”

她回答：“晓明、晓明、晓明、晓明、晓明。”

老板问：“都叫晓明，那你要叫他们吃饭时怎么办？”

她说：“那很简单，我只要叫晓明，他们都会来。”

老板又问：“但是，如果你只要叫某一个特定的小孩时，怎么办？”

她说：“那更简单，我只要叫他的姓就可以了。”

他发生车祸，车子撞到他的头部。

他昏迷了两天，终于醒了过来。

当他睁开双眼时，妻子就在他身边。他握着妻子的手，语重心长地说：

“当我还是大学生的时候，我常常补考，那时，在我身边的就是你。

“当我所有面试都失败时，你在我身边为我剪下招聘广告让我去应聘……等到终于我能负责一份很重要的合约时，我却因为一个小错误把它搞砸了，在我身边的还是你。

“然后，在我失业一段时间后再度找到工作，但从未晋升过，而且我的努力也不被认同，因此我的职位跟刚进公司时一样，你依然在我身边……”

妻子听着他的告白，眼里闪烁着泪光。

“现在我遇到车祸，当我醒来，发现你还在我身边时，我有些事情一定要告诉你……”

她靠近床边抱住丈夫，感动地啜泣着。

然后，丈夫说：

“我觉得……都是你把我带衰的……”

教导主任派一位学生来找三年级甲班的干部。

学生：“报告，找你们班的班长！”

甲班：“他不在。”

学生：“那——找你们班的副班长。”

甲班：“他也不在。”

学生：“那你们班的风纪在不在？”

甲班：“刚出去了说。”

学生：“唉，那随便来个股长好了。”

啪啪啪啪！

甲班响起一片鼓掌声……

小王走在路上，看到一只青蛙。青蛙忽然开口说：“先生，请吻我，我会变成公主，我会给你一个热吻。”

小王停下来，把青蛙捡起来放入口袋，然后继续走。

青蛙又说：“请快吻我，我愿意跟你在一起一天，随便你要做什么都可以。”

小王把青蛙由口袋里拿出来，看了一下，笑一笑，又放回口袋继续走。

过了一会儿，青蛙又说：“好了，好了，我愿意跟你在一起一个礼拜，请快吻我。”

小王又把青蛙由口袋里拿出来，看了一下，笑一笑，又放回口袋继续走。

青蛙又说：“怎么回事，一个礼拜还不够吗？你要多久？”

小王把青蛙拿出来，说：“我是一个工程师，没有女朋友，但是有一只会说话的青蛙，好酷。”

阿花跟阿狗说：“今天考试的时候，我踢你一下，你就要给我瞄一下！”

到了考试的时候，阿花踢了阿狗一下，阿狗便回答：“喵！”

作文课上，小学五年级的女孩在写作文，题目是《三十年后的我》。

班上的小女生小美写道：

“今天天气不错，我带着我的小孩到公园去玩，我开着老公买给我的劳斯莱斯，手指上套着他刚买给我的大钻戒，脖子上也挂着上个月才送我的金链子。我带着我可爱的小孩走在公园里，到处都是人们羡慕的眼光。突然，路上冲出一个浑身恶臭、满脸污泥、无家可归的老太太，我仔细一瞧：天啊！竟然是我小学五年级的语文老师！”

一乞丐在地上写了两排字。

一排是：寻求帮助。

另一排是：Asking for help and so on.

烤肉时最不希望发生的事：

1.肉跟你装熟；2.木炭耍冷；3.烤肉架搞分裂；4.火种没种；5.肉跟架子搞小团体；6.香肠肉跟你耍黑道；7.葱跟你装蒜；8.玉米跟你来硬的！

某对男女在校外租房。

暑假MM去外地实习了，GG还在房里住着。

MM实习归来，见房间里脏兮兮的，显然几星期都没打扫过了，于是就勤快地来了个大扫除。

晚上GG回来了，问："桌上的灰怎么不见了？上面还记着电话号码呢……"

艺术节我们要跳一个巨可怕的集体舞——需有急速摔倒、高抬腿等高难度的动作。结果没练几天大家就都受不了，有的浑身淤青，有的肌肉拉伤……我右腿就伤得非常严重，根本不听使唤！今天到三楼上课，天哪，我简直就是把右腿直着一级一级地往上提送。最可气的是——正走着，只听后面两个女孩低声嘀咕道："还是大城市的学校正规些，这要是在我们老家，小儿麻痹的根本不能上学！"

大家问我男人应当追求什么？我回答："金钱和美女。"于是，大家开始鄙视我……大家又问我男人应当追求什么？我说："事业和爱情！"于是，大家开始崇拜我……

一家房地产商为推销房屋，打出“买房子，送家具”的广告。某人买了一套新房，装饰后去领家具，房产商说：“你的家具在哪里？我们帮你送！”

一时髦女子轻盈地走上公交车，见一空座，掏出纸猛擦一阵后坐下，不料放了个屁。旁边一男子笑曰：“靠，真他妈干净，擦完还吹吹！”

你带五个朋友去饭店，落座后你说：“茶！”小姐没领会就查：“123456。”你感到好笑：“倒茶！”小姐倒着查：“654321。”你大怒：“你数啥啊？”小姐害羞：“俺属猪！”

上课时，老师提问：“道教的创始人是谁？”

某同学大声答：“老子！”

打牌中，一帅哥说话中提到他哥哥，边上一女生（美女）甚惊讶，问道：“你上面还有哥哥啊？”

帅哥答：“是啊！”

女生又问：“那你下面有没有弟弟？”

一次偶的MM依偎在偶的怀里，含情脉脉地问偶：“说吧，你现在在想什么？”偶逗她：“偶想的和你一样！”就听“啪”的一声，她甩手给了偶一个耳光：“下流！”

一个男人自杀后去见上帝。上帝问：“我的孩子，你为什么要自杀啊？”

男人说：“我追求一个女子，但是她说我没有高大英俊的身材和相貌，所以我被拒绝了。”

上帝若有所思地点点头说：“这倒是，在爱情里面视觉效果是很重要的。这样吧，我给你一副举世无双的漂亮外壳，你现在回去追求你的幸福吧。”说着上帝念起了咒语，只听“嗖”的一声，男人走了。

一个星期后，男人第二次自杀回来，又见到了上帝。上帝问：“我的孩子，你为什么又要自杀啊？”

男人痛苦地说：“我回去以后，那个女子说，虽然我长得很帅，但是我一点儿都不了解她。我又被拒绝了。”

上帝理解地点点头：“这是当然，如果不了解一个人，又怎么能知道如何才能给她幸福呢？这样吧，我给你超人的洞察力和直觉，你回去追求你的幸福吧。”说着上帝念起了咒语，只听“嗖”的一声，男人又走了。

一个星期后，男人又回来了，那是第三次自杀。上帝很惊讶地问：“我的孩子，你为什么又自杀了啊？”男人极度痛苦地说：“我回去以后，虽然长得很帅，而且很了解她，但她说她早已经把自己的身体献给了另一个男人了。”上帝同情地看了看这个不幸的男人，最后说道：“这样吧，既然你这么喜欢那个女子，我就让那个男人死掉，这样那个女子就是你的了，你回去吧！”说着上帝念起了咒语，咒语刚念到一半，上帝倒在了地上。男人高兴地说：“这下，我终于可以回去追求那个漂亮的修女了！”

一个英国人出国，海关要求打开行李检查，发现有七条内裤，奇怪地询问原因，英国人回答：“Sunday，Monday，Tuesday……Saturday.”官员明白是一天一条。

接着来了个法国人，官员要求打开行李检查，发现有五条内裤，奇怪地询问原因，法国人回答：“Monday，Tuesday，Wednesday，Thursday，

Friday.”“星期六、星期日如何？”“No wear.” 官员明白法国人浪漫，星期六日是不穿的。

接着来了个印度人，检查发现有十二条内裤，官员大惑不解，忙问为何？印度人慢悠悠回答：“January，February，March，April……”

一个人在沙漠里快要饿死了，这时他捡到了神灯。

神灯：“我只可以实现你一个愿望，快说吧，我赶时间。”

人：“我要老婆……”

神灯立刻变出一个美女，然后不屑地说：“都快饿死了还贪图美色，可悲！”说完就消失了。

人：“……饼。”

蚯蚓一家这天很无聊，小蚯蚓就把自己切成两段打羽毛球去了。

蚯蚓妈妈觉得这方法不错，就把自己切成四段打麻将去了。

蚯蚓爸爸想了想，就把自己切碎了。

蚯蚓妈妈哭着说：“你怎么这么傻？切这么碎会死的！”

蚯蚓爸爸声音微弱地说：“……突然想踢足球。”

熊猫男要QJ熊猫女，熊猫女奋力抵抗，誓死不从。熊猫男失败后愤愤地说：“我们都快灭绝了耶！”

有一天，一家失火了，爸爸妈妈都逃出来了，只剩下儿子还在里面。

妈妈很紧张地在屋外大喊：“儿子啊，你在干什么？都失火了还不出来！”

儿子回答：“我在穿袜子啊……”

妈妈又说：“都失火了还穿什么袜子！”

过了五分钟，儿子还没出来……

妈妈又紧张地喊：“儿子啊，你到底在干什么？快出来，都失火了，还待在里面……”

儿子说：“我在脱袜子啊……”

一天，殡仪馆送来了三个人，说也奇怪，他们死后都是笑着的。

殡仪馆管理员很纳闷地问警察：“为什么他们死后的脸竟然会是笑着的呢？”

警察说：“说来话长，你看左边那个人，他是跟他老婆在共度春宵时，在最激情的那一刻，受不了——挂了。”

管理员就回答说：“唉，愿在花下死，做鬼也风流。那中间那一个是怎么死的？”

警察：“中间那一个啊，他真是人间惨剧啊，他走在路上，忽然听见自己中了头彩，奖金7亿多，开心地哈哈大笑时，被迎面而来的车撞上，结果——挂了。”

管理员回答说：“唉，他真是没有福气享受这荣华富贵，那剩下的这一个呢？”

警察：“这一个死得就有点儿可怜，他是爬上树的时候被雷劈死了。”

管理员回答说：“这就有点儿不对了，被雷劈到为什么还会笑呢？”

警察说：“因为他爬上树后，突然一道闪电，他以为有人给他拍照……”

话说数千年以前，无论是公狗或者是母狗，小便时都是蹲着的。

直到唐朝，事情才有了转变——

唐太宗大家听过吧？他老人家养了一对北京狗，有一次唐太宗上华山祭天，带了这一对去。

祭到一半时，母狗突然内急，于是便跑到一棵树后解决，在祭天时这是非常不敬的行为，因此惹恼了玉帝，玉帝命令雷公打了一个雷，正好打在树上，树倒了，压死了母狗，公狗看了以后非常害怕……

从此以后，公狗每次在树下小便时，都会伸出一只脚，用力顶着树，以免树倒下来压到自己……

一个中年妇人，跑到交通警察面前说：“有个无聊男子一直在后面跟踪我。”

警察看了看她的脸，打量了一下她的身材，说，“我想他可能是一时喝醉了，等一下就没事了！”

女：Say“I love you”，say it，come on！say it！

男：It！

一天，袋鼠开着车在乡村小路上兜风，突然看到小白兔在路中央，耳朵及身体几乎完全趴在地上，似乎在听什么……

于是，袋鼠停下车很好奇地问：“小白兔，请问一下你在听什么？”

“半小时前，这里有一辆大货车经过……”

“哇靠，这么神！你是怎么知道的？”

“他NN的！我的脖子和腿就是这么断的！”

一日，佐罗到情妇家与情妇幽会。情妇问佐罗：“要是我丈夫回来了，怎么办？”

佐罗说：“没事儿，你丈夫要是回来了，我就从窗户跳下去，我的马会在下面接我的。”

情妇说：“要是听到三下敲门声，就是我丈夫回来了。”

佐罗说：“我知道了。”

过了一会儿，天下雨了。突然传来“咚、咚、咚”三下敲门声。说时迟，那时快，佐罗从床上飞身跃下，一转眼，已经从窗户跳出。情妇见佐罗已走，便去开门。

只见门前站着一匹马，对她说：“你告诉佐罗一声，外面下雨了，我在楼道里等他。”

胖妹问马场管理员：“奇怪，你们马场什么时候来了一头骆驼，而且是双峰的？”

管理员：“它不是骆驼，是上次被你骑过的马……”

交警训斥：

“兔子，瞅你眼睛红的，还酒后驾车？”

“螃蟹，又横穿马路？”

“袋鼠，以后不许骑车带小孩！”

“乌龟，谁让你上快行道的？”

有个人很倒霉。他在工作中受重伤，右手只剩下一根中指。但是倒霉才刚刚开始，以后每当他伸出右手，就有人打他。

某动物园来了只年轻的狮子，他和老狮子住在同一个笼子里。

管理员每次来喂食时，总是给年轻狮子一根香蕉，给老狮子一大块肉。

年轻狮子心想：“可能我是新来的，不要太计较。”

三个月后还是如此，年轻狮子终于按捺不住，就问管理员：“为什么我来了三个月还是只吃香蕉？”

管理员回答说：“因为你顶的是猴子的缺。”

一只老鼠被猫追赶，误入花店。老鼠发现无路可逃，顺手抱起一束玫瑰花当武器，打算顽强抵抗……

猫惊呆了，立马低下了头，羞涩地说：“死鬼，太突然了……”

病人：“医生，我听觉有问题，我几乎半聋了。”

医生：“好吧！你重复一下我说的话——88。”

病人：“44。”

一位牛奶商贴出广告：

“如果你连续1200个月每天都喝上一杯牛奶，你肯定能活100岁！”

顾客：“这防弹背心保险吗？”

老板：“当然啦，我卖出去那么多了，从来没人来退换过。”

顾客：“要是我穿上它，被杀了怎么办？”

老板：“那我保证退钱给你。”

一个刚手术完醒来的病人问：“我怎么了？”

医生回答说：“您遇到了车祸，刚手术过。”

“那我是在医院里了？”病人问。

医生回答：“严格来说，是您的大部分在医院里。”

执行死刑的警官走进牢房，一边抖着雨衣，一边向犯人宣布命令。

犯人惊异地说：“冒这么大的雨去刑场？”

警官说：“你有什么可抱怨的？我还得冒着雨回来呢！”

蜈蚣被蛇咬了一口，送到医院急救，大夫诊断后说：“为防毒液扩散，必须截肢！”

蜈蚣想：“幸亏俺腿多！”

大夫安慰道：“兄弟，想开点儿，你以后就是蚯蚓了。”

一男子去某公司应聘。

招聘者问他：“你都会些什么啊？”

男子答道：“会些什么我不知道，但我前任老板说我只有两样不会。”

招聘者很有兴趣地问：“你哪两样不会啊？”

男人：“前任老板对我说，你这也不会，那也不会。”

小明：“你有没有看过乌龟摇头？”

康康（摇头）：“没有。”

小明：“那你有没有听过笨蛋说有、白痴说没有、智障不说话的故事？

康康：“……”

夏天天热，寝室一起吃西瓜。

来了一MM问道：“我可以吃吗？”

答曰：“你可以把籽吃了，把西瓜留下。”

你在戏院里横躺着占了四个位置，别人叫你起来，你只“嗯嗯”了两下不动地方。保安来了说：“够狠啊，兄弟，哪条道上的？”你咬咬牙说：“楼上过道摔下来的！”

某女校闹鬼。

有天被小红遇上了。

鬼说：“学妹你看，我没有脚……我没有脚……”

小红：“那有什么？学姐你看，我没有胸部……我没有胸部……”

有个男的生病了，去医院看病，医生说他得了一种很罕见的病，必须在房间里隔离，别人不能接触他，从今天起只能吃一种特制的薄煎饼了。

病人就问医生：“请问，那薄煎饼会对我的病有特效吗？”

医生说：“没有，让你吃薄煎饼是因为，隔离你的房间门缝下只能塞得进这种薄煎饼。”

有一天，小鸟从高雄飞到台北花1小时，但在回来的时候花了2小时！

Why?

因为当时正在下雨，所以要一手遮雨一手飞。

某日，龟爸、龟妈及龟儿子一家决定去郊游，他们带了一张山东大饼和两罐海底鸡，便出发到阳明山去了。苦爬十年，终于到了！他们席地而坐，卸下装备准备吃饭。结果，发现没带开罐器！

龟儿子：“……那我回去拿好了。”

龟爸：“乖儿子，快！爸妈等你回来一起开饭，快去快回！”

龟儿子：“一定要等我回来，不可食言哦！”

于是龟儿子踏上归途……

光阴似箭，岁月如梭，转眼间已过了20年，龟儿子尚未出现。

龟妈：“老伴儿……要先开饭不？我超饿的说……”

龟爸：“不行！我们答应儿子的！嗯……再等他五年，不来就不管他了！”

转眼就是五年，龟儿子仍未见踪迹。龟龟爸妈不管了，二老决定开动。

拿出大饼正准备开吃……

突然，龟儿子从树后探出头来：“靠！我就知道你们会偷吃！骗我回去拿开罐器？”

神人、牛人训练班

某天考生物，其中有一题是看鸟的腿猜出鸟的名字。某生实在不懂，生气地把卷子一撕，准备离开考场。

监考老师很生气，于是问他：“你是哪班的？叫什么名字？”

某生把裤腿一掀，说：“你猜啊！你猜啊！”

一人在路上看到一堆东西，蹲下闻了闻，说可能是便便，用手摸了点放嘴里舔了下，说：“还真是便便，还好没踩到！”

医生问病人是怎么骨折的。答：“我觉得鞋里有沙子，就扶着电线杆抖鞋，我抖啊抖……有个人以为我触电了，便抄起木棒给了我两棒子……”

某教授在田间授课：“科学研究要不怕脏。”然后他蹲下来，用手指戳了一下地上的牛粪，然后把手指放到嘴里舔净。

一同学忙说：“我不怕脏。”然后也用手指戳了一下地上的牛粪放到嘴里舔净。

教授：“另外还要善于观察，我刚才是用中指戳粪，但舔的是食指……”

某公厕内，A君便秘，拉了好久都拉不出来，这时另一男子B君冲进来，刚蹲下就噼里啪啦拉得好不畅快，A君听到后说：“伙计，真羡慕你呀，拉得这么痛快。” B君说：“有啥好羡慕的，裤子还没脱呢……”

面条被馒头海扁，找表哥方便面去报仇。方便面看见豆包就一顿暴打，回来后对面条说：“放心，我把它屎都打出来了。”

初中，某数学老师讲方程式变换，在讲台上袖子一挽大声喝道：“同学们注意！我要变形了……”

某学校新建一雕塑——少女左手捧书右手举一白鸽。校领导向校内学生公开召集名字。一时间回复络绎不绝，其中一名呼声最高：读书顶个鸟用！

有一个人和一只老虎分别被绑在两棵大树上，绑老虎的绳子下面有一根蜡烛，就快把绳子烧断了，如果绳子被烧断，老虎就会把人吃掉，结果人说了一句话，就没被老虎吃掉。

他说：“Happy birthday！”

老虎就把蜡烛吹灭了……

女孩问男友：“你到底喜欢我哪一点啊？”

男友被缠得没办法：“我、我、我喜欢你离我远一点儿……”

第一天，小白兔去河边钓鱼，什么也没钓到，回家了。

第二天，小白兔又去河边钓鱼，还是什么也没钓到，回家了。

第三天，小白兔刚到河边，一条大鱼从河里跳出来，冲着小白兔大叫：

“你他妈的要是再敢用胡萝卜当鱼饵，我就扁死你！”

某君第一次坐飞机，恐惧，不敢睁眼，15分钟后睁眼，往窗外看，大叫：“哎呀，飞得真高，人都像蚂蚁一样！”

邻座道：“那就是蚂蚁，飞机还没起飞。”

女友发短信给我：“我们还是分手吧！”

过一会儿，我又收到：“对不起，发错了！”

三毛去发型屋做发型，对发型师说：“给我编个麻花辫。”发型师不小心弄掉了三毛的一根头发，三毛叹口气说：“那来个中分好啦。”可是发型师不小心又弄掉了一根。三毛一看火了：“你丫的想让我披头散发？”

某精神病人在写东西，医生问：“写什么呢？”

“写信。”

“写给谁？”

“我啊。”

“写的什么呀？”

“白痴，我还没收到怎么知道？！”

暴汗幼儿园趣事

问题一：如果有一天大海里没有水了，鱼怎么办呢？

小朋友A：鱼到小河里去呗。（想了想，继续）哦，不行，那鲸鱼怎么办？太大了，进不去。（真体贴啊！）

小朋友B：变化石呗。（鱼们狂吐血……）

问题二：小朋友的脸是干吗用的？

小朋友A：给妈妈亲的。

小朋友B：贴纸头用的。（你的脸难道是布告栏？）

问题三：小朋友的头发有什么用？

小女孩A：用来梳头发的。

小男孩B：那你的头发不能扎辫子，有什么用呢？

小男孩C：用来给理发店剃头的。（可贵的奉献精神……）

问题四：怎样才能让胖子马上瘦下来？

小朋友A：吃减肥饼干。（还算聪明。）

问题五：怎样才能让瘦子马上胖起来？

小朋友A：喝牛奶。（牛奶又不是猪饲料……）

问题六：什么动物两只脚，早上太阳公公起来的时候，它会叫你起床？

小朋友B：妈妈。

问题七：怎样分辨男孩女孩？

小朋友A：看头发，长头发的是女孩，短头发的是男孩。（旁边一个短头发女孩泪奔……）

小朋友B：偷看他（她）小便，站着的是男生，蹲着的是女生。（这点年纪就好色……）

小朋友C：看他（她）穿什么袜子，红的是女生，蓝的是男生。（好纯情……）

小朋友D：看眼神。（好飘忽……）

问题八：如果朝鱼塘里扔块石头，会发生什么现象？

小朋友A：水会变成波波。（……）

小朋友B：鱼会漂上来。（渔民很开心……）

小朋友C：罚款五块。（汗……）

问题九：医院里发药的阿姨为什么要戴口罩？

小朋友A：因为院长怕她们偷吃。（难道药好吃？）

立即有个小朋友抢着说道：那些拿手术刀的叔叔戴口罩是不是怕他们聚餐啊？（晕……）

小朋友B：因为要讲卫生，怕口水流下来。（戴口罩原来是不让口水流下来啊……）

让老师无语的小朋友造句

题目：其中

小朋友：我的其中一只左脚受伤了。

老师批语：你是蜈蚣吗？

题目：陆陆续续

小朋友：下班了，爸爸陆陆续续地回家了。

老师批语：你到底有几个爸爸呀？

题目：难过

小朋友：我家门前有条水沟很难过。

老师批语：老师更难过。

题目：又……又……

小朋友：我的妈妈又矮又高又胖又瘦。

老师批语：你的妈妈是变形金刚吗？

题目：你看

小朋友：你看什么看？没看过啊！

老师评语：不要太牛气了。

题目：欣欣向荣

小朋友：欣欣向荣荣告白。

老师评语：连续剧不要看太多了！

题目：好吃

小朋友：好吃个屁！

老师：……

题目：天真

小朋友写：今天真热。

老师评语：你真天真。

题目：况且

小朋友：一列火车经过，况且况且况且况且……

老师批语：我死了算了！

题目：原来

小朋友写：原来他是我爸爸。

老师评语：妈妈关心一下。

题目：课本

小朋友写：上课本来就很无聊。

老师评语：上课要专心。

题目：十分

小朋友写：我今天考十分。

老师评语：我会跟你爸妈说……

题目：一……就……

小朋友写：一只娃娃就要一百块！

老师评语：老师笑得不行。

题目：皮开肉绽

小朋友写：停电的夜晚，到处很黑，我吓得皮开肉绽！

老师评语：看到这句……老师佩服你。

题目：如果

小朋友写：假如果汁不好喝，就不要喝。

老师评语： Orz……

题目：边……边……

小朋友写：我的左边有人，我的右边也有。

题目：非常

小朋友写：我不知道非常是什么意思。

老师评语：不知道要问……

无敌教师大战无敌学生

场景一

老师："老实说，你吸烟吗？"

男生A："不吸。"

老师："不吸？嗯，吃根薯条吧。"

男生A很自然地伸出两根手指夹着接过来……

老师："不吸？！叫家长来……"

场景二

老师："吸烟吗？"

男生B："不吸。"

老师："不吸？嗯，吃根薯条吧。"

男生B由于听到A的情况，所以很小心地用手掌接过了薯条。

老师："不蘸点儿番茄酱吗？"

男生B一不小心蘸多了，于是马上用手指弹了弹……

老师："弹烟灰的姿势很熟练嘛，叫家长来……"

场景三

老师："吸烟吗？"

男生C：“不吸。”

老师：“不吸，好，吃根薯条吧。”

男生C很小心地流着汗吃完了薯条。

老师：“不给同学带根回去吗？”

男生C接过薯条后顺手就夹在耳朵上……

老师：“不吸？叫家长来……”

场景四

老师：“吸烟吗？”

男生D：“不吸。”

老师：“很好，吃根薯条吧。”

男生D心惊肉跳地吃完了薯条。

老师：“不给同学带根回去吗？”

男生D又小心地将薯条放到了上衣口袋里。

老师突然大喊一声：“校长来了！”

男生D赶忙从口袋里取出薯条扔在地上，用脚使劲地踩……

老师：“不吸？叫家长来……”

场景五

老师：“吸烟吗？”

男生E：“不吸。”

老师：“很好，吃根薯条吧。”

男生E刚拿过薯条，老师说：“不请我吃吗？”

男生E赶忙双手递过薯条，然后掏出打火机……

老师：“不吸？叫家长来……”

场景六

老师：“吸烟吗？”

男生F：“不吸。”

老师：“很好，吃根薯条吧。”

男生F心惊肉跳地吃完了。

老师突然大喊一声：“校长来了！”

男生F手心冒汗，但仍镇定地低头说：“校长您好！”

老师：“ 校长会闻到你嘴里的味道的。”

男生F掏出薯条：“不会，还在这儿呢，火都还没点……”

场景七

老师：“你到底吸不吸烟？”

男生G：“向上帝保证，绝对不吸。”

老师：“真的不吸？好，来吃根薯条吧。”

男生G非常自然地接过薯条吃个干净。

老师：“真是个好孩子，你一般喜欢什么牌子的薯条呢？”

男生G（得意忘形地）：“大中华……”

场景八

老师：“吃根薯条吧。”

男生H：“谢谢，不会。”

老师：“……”

高考作文强句，笑得停不下来

尽管司马迁多次遭受宫刑，但他忍受住一次又一次的痛苦，还是以顽强的毅力写出了伟大的《史记》。

评论：一次又一次？

我的爸爸就像亲人一样爱我。

评论：敢情您老是您爸爸从垃圾箱里捡来的？

太阳离我们越来越近，像一个金黄的油饼。

评论：这位同学……你是木吃早饭就来考试的吗？

他的愿望是国家的富强独立，在他心里只有四个大字：为人民服务！

评论：也许你的语文老师能容忍你，但你的数学老师不会原谅你！

我希望有一条健康的双腿，一个智慧的大脑……

评论：同上。

有一种自卑叫自信，有一种跌倒叫爬起。

评论：这位同学是新时代的苏格拉底。

没有自尊的脖子，无法支撑自信的头颅。

评论：我想知道怎样的脖子叫做“有自尊的脖子”！

没有背景，就奔前景。

评论：乍一看不知道在说什么，仔细一想似乎有点儿针砭时弊的意思……再想又不知道他确切要说什么……难道只是为了押韵？！

眼睛为什么长在两边，因为它是用来向前看的。

评论：同学，你的逻辑是超越我的理解范围之外的。

人生就像一杯白开水，平平淡淡的；但又像一杯加了糖的白开水，甜甜的；也像一杯加了盐的白开水，咸咸的。

评论：这……还是白开水吗?

马瘦毛长蹄子肥，儿子偷爹不算贼；瞎大爷和瞎大妈过了半辈子，谁也没见过谁。

评论：同学，您是郭德纲老师的儿子?

孟德斯鸠出身贵族世家，虽然从小过着安逸的生活，但他看着天空变化的云，突然作了一个震惊历史的决定——那就是投身到资产阶级的革命洪流中去。

评论：原来孟老师夜观天象忽然大彻大悟……

人命诚可贵，爱情价更高；若为生死故，两者皆可抛。

评论：你不能因为人家过了50年的著作权保护期就这样……

俗话说：人有多大胆，地有多大产。土地如此，人何以堪？所以我们更应对未来怀有远大的前景。

评论：我无语了……这位同学，你到底要说什么？

我最大的毛病就是有骂人的习惯。虽说“五讲四美”要遵守，但恐怕只有坐在房顶上骂上三小时不带重样儿的才能解解我心头的怨气。写到这里，我手心发汗，因为我怨的是这张考卷，因为它决定了我的未来和前景。就凭这不足半米的考卷和一些墨水，就决断我十二年的求学生涯，我不服。但我犯不着跟分数过不去。

评论：孩子……你是不是已经准备好出国的后路才来考试玩的？

上帝给了我们七情六欲，我们却把它们变成了色情和暴力。

评论：深刻！

我的愿望是考上一所好大学，找到一个好工作，这样以后才有能力让我的儿子也考上一所好大学，找到一个好工作。

评论：为什么我想到了政治书里那个记者采访放羊娃的那段？

我的很多同学为了能考上军校或警校，不惜把眼睛给做了。

评论：做？！抖……怎么就给做了？

泰戈尔说：黑夜给了我黑色的眼睛，我却用它来寻找光明。

评论：你信不信顾城会拿着斧头半夜来找你？

汨罗江边，项羽手持利剑于颈间，他高呼……

评论：他高呼：屈原小亲亲，你怎么那么早就舍下我去了啊！

醉翁深知：不应有恨，何时长向别时圆……

评论：苏轼to欧阳修：大家熟归熟，你这样我一样告你剽窃！

当俞平伯为钟子期摔琴之时，他所寻找的是高山流水，琴声是他的愿景。

评论：鉴定为穿越文！

韩愈跟着刘邦去打仗，一天……

评论：又鉴定出一篇穿越文！

司马迁在遭受宫刑之后，不得不忍受断腿之苦……

评论：我求求你们了！司马爷爷"一次次"受宫刑已经够惨的了！你们别再虐他了！

司马迁在被施行腐刑之后，不顾身体的腐烂，写出了千古绝唱《史记》……

评论：令人发指啊！我已经彻底无语了……

一代男儿司马迁自愿接受宫刑，就是因为他心中的伟大愿望——那就是大唐还没有一部自己的史书，于是他忍辱负重为大唐完成了《史记》。

评论：掀桌！司马迁究竟招谁惹谁了？都被折腾成这样了，你们还不肯让他得到解脱！还一直把他从汉朝折腾到唐朝！

寝室暴强往事

一日同学去中关村转悠，一小贩凑过去问："要硬盘不？便宜！"

同学拿过来看看说："有多硬？"

某日，A君在厕所里面拉屎，估计拉不出来，就在厕所里面狂喊。

此时，外面的B君听到，于是高声唱道："拉不出来一声吼啊！"

更绝的是，C君马上接着唱道："再拉不出来就用手抠啊！"

此后，此歌成为我们寝室的室歌。

夜，四人寝室一人睡着了，还有三人在讨论追女孩子第一次怎么表白，讨论得正热闹，那个睡着的醒了："啥也别说了，咱们睡觉吧！"

北大的研究生和本科生校区是分开的，研究生在一个名叫万柳的校区。

在本科生校区，也就是北大本部小西门那个地方有一个自行车停车场，专门为研究生准备的，墙上写着"万柳同学停车处"。

有一次和一朋友从那过，见他欲言又止，最后挣扎了半天终于疑惑地问我："你说这万柳同学是谁呀，真牛，这么多自行车！"

我们宿舍一哥们儿暴强，一日他发现蚊帐里有只蚊子，忙活抓了半天没抓到，哥们儿叹了一口气说：“妈的，饿死你！”然后迅速把蚊帐收了起来，忍了好几天没挂蚊帐，最后终于把蚊子给饿死了，我们那个汗呀！

还是蚊帐的事：一日他又发现蚊帐里竟然飞进一只苍蝇，跟我们说：“我非弄死它！”我们说：“苍蝇可是耐饿呀，看来你是熬不过它的。”“你们看吧！”这人抄起一本小说钻进蚊帐，封口，边看小说边不停地挥动扇子，就是不让苍蝇落地，结果两个小时后，苍蝇终于飞不动了。他凑过去捅了捅苍蝇说：“飞呀，小样儿，爷书还没看够呢！”

月底最穷的时候，一寝室人都没钱了，又不敢问家里要，集体节食。为了节约体能，大家都翘课了。

中午辅导员来寝室，见一个个都有气无力地在床上躺着，很是诧异。

还没开口，就听寝室老大慢悠悠地说了声：“午饭时间到。”

大家晃晃悠悠地从床上下来，到水房喝一通自来水，回来继续睡……

一次逛街时突然觉得肚子很痛，于是走进街角的“19.9吃到饱”火锅店，想说借个厕所用用。偏偏找遍了一楼就是找不到，于是我跑到二楼去。二楼是还在装修，空荡荡的没有任何东西，但是却发现有一间厕所贴着“故障待修，请勿使用”，我实在是忍不住了，管他三七二十一，反正四下无人，脱了裤子就朝马桶蹲下去——噼里啪啦……好爽！

结束后，我走下楼去却发现空无一人。奇怪了，正值晚餐时间，刚才楼下还高朋满座，怎么一下子就人去楼空了呢？连服务生和接待都不见了……

于是我走近吧台问：“有人在吗？怎么都没人了？”

此时，只见一个男服务生从吧台下钻出来，开口说：“刚才大便从天花板掉下来，打到电风扇的时候你不在吗？算你运气好！”

熄灯后，男生宿舍集体高呼：“来电！来电！”结果5分钟后真的来电；接着，男生宿舍集体高喊：“晚点熄灯！晚点熄灯！”然后真的11：50才熄灯；最后，男生宿舍集体高叫：“女人！女人！”

我们在电话里聊了好半天，最后为了便于网上交流，我让他留下电子邮箱地址。老张说：“你记一下，我的地址是老张的汉语拼音全拼，然后是……后头没有‘.com’。”

“后头没有‘.com’？”我一边记录一边琢磨着，邮箱后缀中没有‘.cn’是正常的，但是如果没有‘.com’，那还是邮箱吗？于是，我忙问他：“‘@’后边是什么啊？也就是说，你邮箱是在哪个网站上建立的？”

老张说：“不是告诉你后头没有‘.com’了吗？！”

见我还不明白，老张有点儿不耐烦了，说：“干脆我把地址发到你手机上好了，省得你听不懂。”

挂了电话，几分钟后，我的手机响了。

原来，他的邮箱是laozhang@hotmail.com。

爆笑，hold不住啊！

什么地方的用户最喜欢关机？

宁波。因为有人说：对不起，您拨的用户已关机……

手机用户最喜欢去哪儿？

吉林通化。因为：对不起，您拨打的用户正在通话……

菲尔普斯最崇拜的中国人是谁？

巴金。

茄子走在大街上，忽然打了一个很大的喷嚏。它抹了把鼻涕生气地说：“又TMD在拍集体照了！”

甲：“你年薪多少？”

乙：“800万。”

甲：“那一个月快有80万哦！”

乙：“是的，这是基本工资。”

甲：“不错嘛，做什么的？”

乙：“做梦的。”

“你姓啥？”

“我姓魏。”

“魏什么啊？”

“不为什么，我爸姓魏我就姓魏……”

一家兰州拉面馆前。

“老板，拉一碗面！”

“你要敢吃，我就敢拉！”

阿拉丁有几个哥哥？

3个。阿拉甲，阿拉乙，阿拉丙……

爷爷对孙子说：“你知道金庸写的十四本书可以连成一副对联吗？‘飞雪连天射白鹿，笑书神侠倚碧鸳’！”

孙子不屑地说：“你知道J.K.罗琳写的七本书可以连成一句话吗？哈哈哈哈哈哈哈……”

有个妇人在一家高级餐厅带着孩子吃饭，过了一会儿，她撩起衣服想给孩子喂奶，结果被服务生阻止了，为什么？

因为餐厅外面写着：本餐厅不准外带食物。

父亲给儿子讲故事：“从前有一只青蛙……”

儿子：“有限制级的吗？”

父亲：“嘘——小声点儿，别让你妈听见。从前有一只没穿衣服的青蛙……”

“我的头像牛逼吗？”

“像。”

公园有一对恋人正在甜蜜，女孩撒娇说：“老公：我牙痛！”男孩于是吻了女孩一口问：“还疼吗？”女孩说不痛了！一会儿，女孩又撒娇说：“老公，我脖子痛！”男孩又吻了吻女孩的脖子，又问：“这回还疼吗？”女孩很开心地说：“不痛了！”旁边一老太太站着看了半天，忍不住了，上前问小伙子说：“小伙子你真神了，你能治痔疮不能？”

海尔兄弟为什么只穿内裤？

因为没Q币。

客轮经过一个荒岛。

游客远远看见岛上有个穿着兽皮、满面胡须的人。

他一面狂叫一面挥手，游客问船长那是谁。

船长不耐烦地说：“不知道啊，每年我们的船开过这里，他都要发狂一次！”

黄昏的时候，我在路上慢跑。

有一个年轻人从我后面跑上来，在我耳边急促地叫着：“快跑！”

“发生了什么事？”我问身旁的年轻人。

“赶快跑！”年轻人跑到我的前面。

我快速追了五百米以后，气喘吁吁地追问：“到底发生了什么事？”

“你跑得太慢了。”年轻人丢下我，自顾自往前跑去。

熊和兔子在森林里大便，进行到尾声的时候，熊想了想，问兔子：“毛沾到大便无所谓吗？”兔子答：“无所谓！”于是熊就拎起兔子擦了屁股。

小学老师在和学生解释“乳”字的含义：乳即是小的意思，比如乳鸽、乳猪等，要求小明用“乳”字造句。

小明：“因为现在房价太高了，所以我家只能买得起50平方米的乳房。”

老师汗，说：“再造一个。”

小明：“我年纪太小，连一米宽的乳沟都跳不过去。”

老师大汗：“说再造一个。”

小明：“老师我真的想不出来了，我的乳头都快想破了。”

小蛇很慌张地问大蛇：“哥哥，我们有没有毒？”

大蛇说：“你问这个干什么？”

小蛇说：“我刚才不小心把自己的舌头咬到了……”

每次看你穿丝袜的时候，我的心中都会有一种无法言喻的感觉，那就是——萝卜还包保鲜膜咧！

小明上完厕所回到教室跟老师说：“厕所有好多蚂蚁。”老师忽然想到蚂蚁的英文ant这个单词，于是测试小明：“蚂蚁怎么说？”小明一脸茫然，说：“蚂蚁它……什么也没说……”

糗事一箩筐

昨天接到一骗子短信，让我速把钱汇入农行一账号。我半小时后顺手回了一条：“已存5000，请查收。”今天收到回复：“都跑银行三趟了，还没收到你的钱，你这个骗子！”

有一位黄先生，他儿子叫黄军，他经常带儿子乘8路公交车，所以经常有这样搞笑的镜头：黄先生带着儿子走向车站，看见远处公交站台驶进一辆8路车，立刻对身边的儿子大喊：“黄军，快跑，8路来啦！”

老爸最看不惯外国歌星。可是有一天，我正在看迈克尔·杰克逊的MTV时，赫然发现老爸站在后面看，一脸深思的表情。“爸爸，你也喜欢看这个？”老爸摇了摇头：“毛阿敏真是越来越难看了。”

老总对秘书说：“这几天我带你去北京走走，你准备下。”

秘书打电话给老公：“这几天我要和老总去北京开会，你自己照顾自己。”

老公给情人打电话：“我老婆这几天要去北京出差，我们也出来玩吧。”

情人给辅导功课的小男孩打电话：“这几天不用上课，我有事情。”

小男孩给爷爷打电话：“爷爷，这几天老师有事，不用上课，你陪我玩吧！”

爷爷给秘书打电话：“我这几天要陪孙子玩，不能去北京了。”

秘书给老公打电话：“这几天老总有急事，我们不去北京开会了。”

老公给情人打电话：“这几天不能出来玩，我老婆不去北京了。”

情人给辅导功课的小男孩电话：“这几天继续正常上课。”

小男孩给爷爷电话：“爷爷，这几天还是要上课，我不能陪你玩了。”

爷爷给秘书电话：“这几天我还是带你去北京走走，你准备下……”

那些雷人的囧段子

大学师姐上教育心理学迟到，走进教室，斜瞟了黑板一眼，老教授生气中，就叫师姐回答黑板的问题。师姐支吾半天说了："《性感与性理论》，这也太难讲了……"（注：教授原题：《论理性与感性》）

听同学说，一次她们宿舍的一个女生去买卫生巾，对老板说："一包卫生巾。"老板居然问："要三鲜的还是麻辣的？"然后那个同学愣了一下，说："三鲜吧，麻辣的我怕受不了……"

俺有个同学一直在复习考计算机三级，有一天踢足球，另一同学带球到了底线，只听他大喊："回车！回车（传中）！"

大学时候，听见一个女生点菜："师傅，炒一盘酸辣土豆丝，不要放土豆。"

上大学时，一老师讲课，讲到一种新型的材料，说："这种材料的性功能是旧材料不可比拟的……啊不对，性能和功能……"

有一次帮老板订酒店，想问问人家有没有什么免费上网之类的服务，却

怎么也想不出来怎么说好，于是就问对方：“请问，你们这里有什么特殊服务吗？”

对方：“什么？特殊服务？我们是正规酒店！”

在食堂排队，听见旁边一男生说：“师傅，来碗‘子弹菜花汤（紫菜蛋花汤）’！”哈哈，笑得我喷汤了。

中午做饭，妈妈给我一盆胡萝卜：“去，把胡萝卜切成肉丁！”

昨一同事问我：“节日的节怎么写？”

我回答：“草字头下面加一个节日的节去掉草字头！”

全体人员爆笑！我还一时没有反应过来！

老板，有没有手纸充饥卡？

我们有同事外地出差，经销商请吃饭。席间欲小便，经销商说对面就有洗手间，你去的话如果对门口说，我们是对面吃饭的就可以免费。我们同事为了节约两毛钱，健步直走，理直气壮地对管厕所的说：“我是来吃饭的！”

经理开会时一般对抽烟的说：“抽烟的都掐死！”

中午在洗手间遇到同事，忽然不知道该用什么词打招呼，鬼使神差问了一问：“吃了吗？”问毕，懊恼不已，正难堪，同事回答：“吃了，你呢？”我晕！

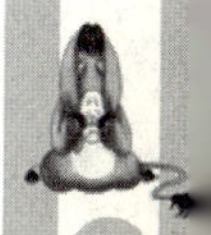

和一帮朋友吃饭，其中一个人估计是被兄弟出卖了，郁闷得不行，闷头喝了不少啤酒，然后脸通红站起来大吼一声："兄弟，不是出来卖的！"估计原来是想说"兄弟不是用来出卖的"，当时偶们一桌十几个人就全趴了。

印象里小学时的班长极其严肃，一次自习课，教室里人声鼎沸，班长维持了几次秩序之后终于忍无可忍，站起来一拍桌子怒吼道："谁再吵，把他嘴打断！"

全班肃静。

当年找工作时，主考官问我哪年毕业的。

我本来是要说2000年的，结果一激动说："两千年前……"更汗的是，主考官竟然"噢"了一声，说："孔子的学生吧？"

和领导等众人喝酒，举起酒杯大声道："让我们同归于尽吧！"当时脑子太热了……

迄今为止看到的最强回复

变态楼主：养条狗和养一个男人哪个合算？

暴强回复：大婶，即使你能把男人当狗使，但你敢把狗当男人使不？

变态楼主：一学生，成绩年年倒数第一，常与人打架，按领导要求，老师想给学生好听一点儿的期末评语，怎么写啊？

暴强回复：该生成绩稳定，动手能力强。

变态楼主：都40多了，还有许多事不明白，该问谁？

暴强回复：外事问谷歌，内事问百度，房事问天涯！

论坛楼主：该死的理发店把我头剪坏了！大家出点儿损招，要求破坏性越大越好，动静越小越好，因为是我一个人去。

论坛地下室：半夜三更，月黑风高，静静地、轻轻地，一个人吊死在理发店门口……

论坛楼主：为什么生下的孩子要跟父亲一个姓？

论坛沙发：因为取款机里吐出的钱归插卡人所有。

发帖盖楼那些事

1楼：上厕所忘带纸，兜里只有女朋友的照片和100块钱，用哪张？谁来告诉我啊？

2楼：用手指！再用水冲干净！

3楼：用一百的啊，你不觉得用照片很疼吗？照片太硬了！

4楼：用一百块的，用完洗洗干净花出去。

5楼：接楼上的，洗过后买的东西还是香的。

6楼：哈哈，还是把纸篓里人家用过的拿来用下算了……

7楼：应该上完厕所后，直接提起裤子走人……（哥们儿真大气……）

8楼：哭啊，我正吃饭呢!

9楼：骗人……连鞋都没有？拿鞋刮呀！（靠，大哥，怎么刮啊？！）

10楼：简单，忍痛割爱，用自己的内裤嘛！

11楼：你就用手抠吧！记得洗手哦！

12楼：用袜子啊！（跟用鞋那个有异曲同工之妙……）

13楼：你这个帖子该不是在厕所里发的吧……老实讲，你当时用的什么？

14楼：印度是不用纸的。

15楼：把100撕成5等份，用一份，哈哈，还剩80元。很赚啊，我是女的，男朋友的照片当然不能用！（介女地真TM有经济头脑。）

16楼：两张都用，因为一张不够擦啊！

17楼：叫救命！

18楼：照片朝里，让你女朋友背着你，然后再刮，这样心理上比较过得去。（牛！）

19楼：把照片撕成两张薄的嘛！拿没图案的那边擦嘛！（更牛！）

20楼：真笨，找个吹风机吹下。（真汗……）

21楼：你不会打110吗？

22楼：笨！厕所肯定有水龙头吧，出去拿个水管，插在水龙头上，蹲着洗洗就行了。

23楼：都是不忍心的两个东西……绝！那就把照片上的女朋友的头撕下来做纪念，再去擦PP吧！100嘛……留着用。

24楼：你爬到女WC看看有没有。

25楼：上完大号以后，把PP撅起来，然后开始狂甩5分钟，利用离心力将残留在PP上的便便给甩干净，然后就可以了吧，就是费时又有点累……

26楼：楼上的臀力真强！

27楼：厕所不都有墙吗？蹭在墙上啊！

28楼：大方一点啦，多拉点，把厕所堵住！到时，别人要进来修，你就威胁道：不给纸，誓不出去！不就得了？

29楼：找人借点卫生纸不就完了？真麻烦！真不行，给别人100元让人帮你买一包，顺便给点小费，一切ok！有钱还不好办事，我就不信了！

笑到捶桌子的一句话

红豆不长南国，长我脸上了，真相思！

做梦梦见吃意大利面，早上醒来发现鞋带没了！

逃课太多，昨天想去上课，见到教授，教授惊讶地说：“这么长时间不见，长这么大了。”

每当我错过一个女孩，我就在地上放一块砖，于是便有了长城。

留了青山在，还是没柴烧。

纯，属虚构；乱，是佳人。

幸福就是痒的时候挠一下，不幸就是痒了但挠不着，更不幸的是，很久以来灵魂和肉体都感觉不到那种蠢蠢欲动的痒了。

天没降大任于我，照样苦我心智，劳我筋骨。

众里寻她千百度，蓦然回首，那人依旧对我不屑一顾。

念了十几年书，想起来还是幼儿园比较好混。

什么是幸福？幸福就是猫吃鱼，狗吃肉，奥特曼打小怪兽。

地铁上的广告：挤吗？买辆车吧！

出租车上的广告：堵吗？坐地铁吧！

说金钱是罪恶，都在捞；说美女是祸水，都想要；说高处不胜寒，都在爬；说烟酒伤身体，都不戒；说天堂最美好，都不去！

强烈抗议广告时间插播电视剧！

名花虽有主，我来松松土！

对不起，我已经死了！不过谢谢你来看我！今天晚上12点我也去看你！

我喝酒是想把痛苦溺死，但这该死的痛苦却学会了游泳。

你想发财吗？你想交桃花运吗？你想当官吗？你想一夜成名吗？你想青春永驻吗？

——不要瞎想了，好好学习吧！

傻子偷乞丐的钱包，被瞎子看到了，哑巴大吼一声，把聋子吓了一跳，驼子挺身而出，瘸子飞起一脚，通缉犯要拉他去公安局，麻子说，看我的面子算了。

我左青龙，右白虎，肩膀文个米老鼠。

出问题先从自己身上找原因，别一便秘就怪地球没引力。

虽然我长得不是很帅，但小时候也有人夸我左边鼻孔很偶像派。

我当年也是个痴情的种子，结果下了场雨……淹死了。

我允许你走进我的世界，但绝不允许你在我的世界里走来走去。

就算我是一只癞蛤蟆，我也坚决不娶母癞蛤蟆。

钱可以买房子但买不到家，可以买婚姻但买不到爱情，可以买钟表但买不到时间，钱不是一切，反而是痛苦的根源。把你的钱给我，让我一个人承担痛苦吧！

5岁的女儿让老爸帮她做某事。老爸：“爸爸很累啦，你夸我两句吧，你夸我两句，我就又有劲了。” 女儿：“老郑！”老爸：“哎！” 女儿：“你家妞妞长得可真漂亮啊……”

大脑是最高贵的器官——因为是大脑告诉你的。

诸葛亮出山前也没带过兵啊，你们凭啥要我有工作经验！

工作的最高境界就是看着别人上班，领着别人的工资。

小时候不学习，妈妈说：“长大后，让你嫁给卖猪肉的王老五。”
现在我教育女儿：“好好学习，长大后才能嫁给卖猪肉的王老五。”

人生没有彩排，每天都是直播，不仅收视率低，而且工资不高。

前途是光明的，道路是没有的。

谁说天下乌鸦一般黑？其实一个更比一个黑！

长得像坨屎也就算了，为什么非要做一坨屎？

小姐的胡须长得如此委婉，想必是位大家闺秀喽！

我真的不愿意用脚趾鄙视你。但兄弟，是你逼我这么做的。

娃娃问妈妈：“用ABCDEFG怎么造句？”

妈妈：“A呀！这B孩子C家的呀？光着个脚站在D上，EF也不穿，还露着小GG……”

上班就是要发扬死猪不怕开水烫的精神！

你们以后再这样，就别怪我翻脸不是人了！

当下属的时候自己当自己是龟孙子，当领导的时候别人当你是龟儿子。从孙子当到儿子，这个王八蛋真升职了。

帅有个屁用！到头来还不是被卒吃掉！

人又不聪明，还学人家秃顶！

不怕被人利用，就怕你没用。

鄙视我的人这么多，你算老几？

春色满园关不住，我诱红杏出墙来。

拿份报纸上厕所，俺是读书人。

只要锄头舞得好，哪有墙角挖不倒？

对付以默不做声来掩饰自己无知的人的最好方法，就是以其人之道还治其人之身。

连广告也信，读书读傻了吧！

不要和我比懒，我懒得和你比。

我是耶稣他儿子，椰子！

别人的钱财乃我的身外之物。

早上长睡不起，晚上视睡如归！

不要说别人脑子有病，脑子有病的前提是必须有个脑子。

别洗它，要不是这些泥，这破车早就散架了。

岁寒三友——火锅、白菜、热被窝。

本无意与众不同，怎奈何品位出众！

大师兄，听说二师兄的肉比师父的都贵了！

听说女人如衣服，兄弟如手足。回想起来，我竟然七手八脚地裸奔了20年。

不笑喷不罢休

代沟就是——我问老爸："你觉得《菊花台》怎么样？"老爸想想说："没喝过！"

猛地一看你不怎么样，仔细一看还不如猛地一看。

一口不能吃个胖子，但胖子却是一口一口吃出来的！

我是一棵孤独的树，千百年来在路旁寂寞地等待，只为有一天你从我身边走过时为你倾倒——砸不扁你就算我白活了！

爱我的请举手，不爱我的请倒立！

不要把银行卡密码设成女友的生日，不然总要换多麻烦。

新式morning call——生前何必久睡，死后自会长眠！

如果天上落下一滴水，那是我想你而流的泪；如果天上落下两滴水，那是我爱你而心醉；如果天上落下无数滴水，那是……别瞎想了，下雨了。

中午在食堂叫了两个菜，吃第一个时我震撼了：世上还有比这更难吃的菜吗？吃第二个我哭了：还真有啊！

女人之美，在于蠢得无怨无悔；男人之美，在于说谎说得白日见鬼。

明月几时有，把酒问室友，不知隔壁帅哥，可有女朋友？

我的原则是：人不犯我，我不犯人；人若犯我，我就生气！

长得真有创意，活得真有勇气！

人总要犯错误的，否则正确之路人满为患。

偶尔幽生活一默你会觉得很爽，但生活幽你一默就惨了……

看着我的眼睛，除了眼屎，你还会看到坚毅和真诚。

下辈子我一定投胎做一个女人，然后嫁一个我这样的男人。

法官：“你为什么要印假钞？”
被告无辜地说：“因为我不会印真钞……”

亲爱的，我怀孕了，三个月了，不过你放心，不是你的，不用你负责……

让你崩溃的巨汗笑话

牛人被一交警拦住：“同志，你压线了。”

司机低头看线，大骂：“又没给你压坏！”

交警晕，牛人加油溜走。

不久，又一交警向牛人示停，牛人下车后，交警说：“同志，你酒后驾车。”

司机冷笑道：“啤酒也算酒？那你说酱油也是油？”

交警又晕，牛人开溜。

一饿狼觅食，听到有女人在训孩子：“再哭就把你扔出去喂狼！”孩子哭一夜，狼在门外痴痴等至天亮，长叹一声：“骗子，女人都是骗子！”

一犯人被执行枪决，由于子弹是劣质的，第一枪没放出，接着又放了第二枪……第三枪……这时犯人哭了：“大哥你掐死我吧，太他妈吓人了！”

一老太太看完黑人百米赛后，抹着眼泪说：“吓死人！几个挖煤的跪成一排被枪毙，没瞄准就开了枪，娃儿们吓得那个跑呀，绳子都拦不住哇！”

农夫挑担大粪，老外看到后问：“大爷，这酱多少钱一斤？” 农夫不语。老外用手沾了点放进嘴里，心想：“你不告诉我多少钱一斤，我也不告诉你你的酱都臭了。”

甲、乙、丙三人一起出游，甲感冒了……

晚上，大家同睡一床，甲睡中间。

半夜，甲打了一个大喷嚏，乙、丙整个脸上都是甲的结晶。

乙、丙：“下次要通知我们……”

过了半个时辰。

甲：“注意了……”

乙、丙闻言赶紧钻入棉被中，并确定与外界没有连通……

结果，甲放了个屁。

我有一次和几个同学去高中老师家看他，那是一个老头儿。临走，我们留下一些水果送给老师，可是老师紧紧拉住班长的笔记本电脑包说：“看看，来看我还带什么东西呀……放在门口就好了。”

陪朋友打的去见一个网友，快到的时候，朋友指着不远处一个奇丑无比的女孩对司机说：“看到那个女的了吗？”“看到了，在那儿停？”“不，撞死她！”

——Are you serious?（你是认真的吗？）

——No，I'm kidding.（不，我是开玩笑的。）

盗版光碟上的翻译：

——你是席拉瑞丝吗？

——不，我是凯丁。

据说，英国一个南威尔士人看到一个“明亮、静止”的不明飞行物，于是拨打“999”向警方紧急报告自己的发现。

英国警方日前公布了这段通话记录，内容如下：

警：“这里是南威尔士警察，你遇到什么紧急事件？”

民：“其实也不怎么紧急。我只是需要告诉你们，山那头有一个明亮、静止的物体。”

警：“好。”

民：“如果你们有几分钟空闲，也许你们能来看看它是什么？它在那儿停留了至少半小时，而且现在还在那里。”

警：“它在那儿停留了半小时？好，它是在山上还是在天上？”

民：“它在天上。”

警：“我会派人到那儿查清楚。”

民：“好的。”

下面为警员赶赴现场后与总部的通话记录：

总部：“天上那个物体，有人查看它没有？”

在场警员：“它是月亮。完毕。”

我同学在建设银行上班，一天下午，一个穿得很糟糕的女士（精神病患者）来到窗口，给了他一张纸条要提款。

纸条上赫然写着：“兹派某某同志于贵银行处提取人民币。”然后是1后面N多个零。

我同学本来想报警，可看该精神病患者女子很认真的样子，想想还是打发给保安算鸟。

估计保安也是很闲，果然，保安对该女子说：“你这张条子想要提款，必须先到对面派出所，找所长盖一个章，他盖完章，你再来取钱就没问题啦。"

该女子想都没想，直接就向派出所走去了。（这保安还真不一般，平时有点儿小看他了。）

大概过了十分钟，排队的顾客慢慢多起来的时候，那个女子兴高采烈地回来了，举着那个条子，说："人家说啦，办公程序简化了，不用所长批条直接就可以取钱啦。"

我这个同学和保安当时就有点儿傻了，营业大厅有很多人都在，怕她精神病发作起来影响正常的工作秩序，只好把值班主管找来了。

主管和女患者在一边聊了几句，问她取钱做什么用。女患者说："取钱买吃的和穿的。"主管于是指了指不远处的地方，该女子就又高高兴兴地走了。

保安去请教"高招"，主管当时是这样对女患者说的："我们这里是建行，只有建房子才能到这里取钱。你取钱买吃的，那肯定是粮食了，要去农行，买穿的等东西，取钱要到工商银行才行！"

我同学打心眼里佩服呀，到底是当主管的啊！

……

过了一会儿，该女士又回来了，而且带来了各方的回答："农行的人说了，这里是农行，只有农民才能取钱，我是城镇人口；工行的人说了，我们这里是公行，只能公的来取，母的不行，说我是贱人，要到建行取钱。"

大学有一哥们儿向来口无遮拦，但是常被我们驳倒，每次被驳倒之后，他总气急败坏地说："我诅咒你女朋友不是处女！"这招还真灵，大家都拿他没办法。

有一天，他又故技重演，还变本加厉地骂道："我诅咒你们宿舍所有人的女朋友都不是处女！"

这时，宿舍里很少言语的一GG在大家都沉默的时候来一句："我们真诚祝福你的女朋友永远都是处女……”

乌龟受伤，让蜗牛去买药。过了两个小时，蜗牛还没回来。乌龟急了骂道：“TMD再不回来老子就死了！”这时门外传来了蜗牛的声音：“TMD你再说老子就不去了！”

语文测验，有一道填空题，要求分别填写《背影》和《春》的作者。

某生一概不知，填第一个空时，他悄悄问同桌，答：“朱自清。”

填第二个空时，他又问，答：“还是他。”

于是，他在考卷上填上“还是他”。

一高官到一个农场参观，问农夫：“我怎么发现农场里有一只牛没有长角啊？”农夫回答：“牛没有角的原因很多，可能是遗传，生下来就没有，还有可能是后来有病脱落了，而它没有角的原因是——它是一匹马。”

小时候吃面条，吃着吃着，我从喉咙里拖出一根：“哈哈，会动的面条！”

这时，爸爸在旁边严肃地说：“蛔虫有什么好玩的，赶快吃饭！”

中国留学生在国外的高速公路出车祸了，连人带车翻下悬崖，交警赶到后向下喊话道：“How are you？”

留学生答：“I'm fine，thank you！”

然后交警走了，留学生就死了。

有一栋楼有四层，每一层都住了个怪人，第一层的喜欢吃小黄瓜，第二层的喜欢把房间染成绿色，第三层的喜欢在阳台小便，第四层的喜欢耍大刀。

有一天，四楼的耍大刀不小心把刀掉下去了，刚好三楼的要小便，结果被切断了，掉到二层，被染成绿色，掉到一楼，最后被当成小黄瓜吃掉了。

有一天，小明来到他未来的丈母娘家拜访。丈母娘：“你随便坐坐啊！菜马上就好！”然后就进厨房忙了。这时客厅里只剩下紧张的小明和丈母娘养的狗小白，突然间，小明的肚子痛了起来，他心想：“不行！我一定要忍住！”可是他实在忍不住了，“噗——”他放了一个无敌臭的响屁，他心想：“这下死定了，一定会被赶出去的。”没想到丈母娘只是大喊了一声：“小白！”小明于是放心地想：“幸好有小白当我的替死鬼，然后他忍不住放了第二个屁，丈母娘依旧大喊小白。当他放第三个屁时，就看到丈母娘冲出来大骂说：“小白！你是要等到被臭死才会跑是不是？”

贱贱的话惹人爱

拿什么整死你，我的爱人。

我的优点是：我很帅；但是我的缺点是：我帅得不明显。

我是胖人，不是粗人。

如果太阳不出来了，我就不去上班了；如果出来了，我就继续睡觉！

每天早上起床都要看一遍“福布斯”富翁排行榜，如果上面没有我的名字，我就去上班。

谈钱不伤感情，谈感情最他妈伤钱。

会计说：“你晚点来领工资吧，我这儿没零钱。”

有一次我上街，一群女孩把我拦住。她们说我帅，我不承认，她们就打我，还说我虚伪。

既宅又腐，前途未卜。

人家有的是背景，而我有的是背影。

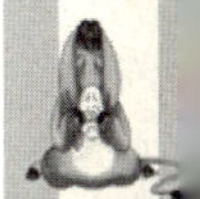

肉的理想，白菜的命。

白马啊，你死去哪儿了！是不是你把王子弄丢了，不敢来见我了。

我是天使，回不去天堂是因为体重的原因。

令堂可是令尊表姐?

泡妞就像挂QQ，每天哄她两小时，很快就可以太阳了。

骗子太多，傻子明显不够用了。

我就是在路上斩棘杀龙游江过河攀上塔顶负责吻醒你的公主。

我的人生有A 面也有B面，你的人生有S面也有B面。

不怕偷儿带工具，就怕偷儿懂科技！

失败不可怕，关键看是不是成功他妈。

有空学风水去，死后占个好墓也算弥补了生前买不起好房的遗憾。

斯文败类的经典语录

你让我滚，我滚了。你让我回来，对不起，滚远了。

走牛B的路，让傻B去说吧！

一山不能容二虎，除非一公和一母。

英雄不问出路，流氓不看岁数！

要在江湖混，最好是光棍！！

唯女人与英语难过也，唯老婆与工作难找也！

赚别人的钱，让贫穷见鬼去吧。

我就像一只趴在玻璃上的苍蝇，前途一片光明，但又找不到出路。

水至清则无鱼，人至贱则无敌。

怀才就像怀孕，时间久了才能让人看出来。

思想有多远，你就给我滚多远。

你以为我会眼睁睁地看着你去送死？我会闭上眼睛的。

请你以后不要在我面前说英文了，OK?

好久没有人把牛皮吹得这么清新脱俗了！

一觉醒来，天都黑了。

不吃饱哪儿有力气减肥啊?

问君能有几多愁，恰似一群太监上青楼。

当时偶就笑喷了

Tony是个特技表演者，表演的项目是丢钢刀，就是把三把、四把、五把钢刀抛来抛去的。有天晚上他表演完了，便带着刀要回家去，在半路遇到临检，警察问：“你怎么随车带着凶器？”

Tony：“我是表演特技的，这是我的道具啊！”

警察说：“我不相信，你试给我看看！”

Tony便在路边表演起丢钢刀……这时听到后面被拦下来的车里有人说：“哇！现在测试酒醉可真严格啊！”

小学开学了，刚满六岁的冬冬不肯到学校注册上学。妈妈向冬冬解释，法律规定小朋友年龄满六岁就要到学校上学，一直到十五岁。

最后冬冬终于在学校书桌前坐下来，眼里含着泪水对妈妈说：“等我十五岁的时候，你会记得来接我吗？”

一位男子到图书馆借书，他问图书馆的女职员：“请问《婚姻的幸福生活》这本书放在哪里？”

“是幻想小说，到右边第三排柜子去找。”

“那么《夫妻的相处之道》这本书又放在哪里？”

“是武侠小说，到左边第一排柜子找吧！”

警察问一个被人殴打的人：“你能描述打你的人的相貌吗？”

那人斩钉截铁地回答：“当然能，警官，我就是因为形容他的样子而挨打的……”

老师规定同学们要日行一善，并且每天要报告。

一天，小明和小美的报告都是扶老婆婆过马路。在老师的详细追问下，小明说：“是我扶老婆婆的！”

小美接着说：“我帮小明的忙！”

老师问：“扶一个老婆婆为何要两个人？”

两人回答：“因为老婆婆很固执，不肯过马路，而且她力气又很大……”

宿舍一帅哥刚学会拉小提琴，那声音就像用指甲在锅底刮…… 尖锐的声音刺激着大家的耳膜。出于厚道，同学们还是尽量不去打击他。

有天下午他正在拉，忽然门被推开，查卫生的阿姨进来严肃地说：“你们宿舍谁在烧违禁电器？！”

某大学校规极严厉，夜不归宿者将被开除。有仨哥们儿回来晚了，准备翻墙进来，一兄弟很小心地探头看墙内，见一民工站此，小声问：“有学校保安没？”

民工很镇定地做了个“ok”的手势。

仨男生一阵狂喜，翻墙进去，被蹲坑在此的三个学校保安成功抓获！

带走前，仨男生回头向民工哀怨道：“你不是告诉我们‘ok’吗？”

民工道：“我不是用手指比了吗？告诉你们有‘三个’啊！”

微博上一美女说自己瓜子脸，特漂亮。寝室老大淌着口水出去约人家见面……

夜，老大推门就扑倒在床上号啕大哭：“西——瓜子脸也就罢了，关键问题是她尖头朝上啊！”

一位妇人带她的狗去理发。当被告知要40美元时，她十分震惊。

“我理发也只要9美元！”她轻蔑地说。

“但你不咬人吧？”理发师回答。

一个说话有浓重口音的老师问一学生：“50+9=？”

学生想了半天才答道：“武术+酒=醉拳。”

司令官要侦察兵查明前方有没有可以供部队通过的桥梁。

侦察兵查明情况后回来报告：“有座桥可供坦克部队和炮兵部队通过，但不能供步兵通过。”

司令官发火了：“胡说八道！”

侦察兵：“绝对是！因为桥上卧着一条大狗！”

两个歹徒埋伏着，打算暗算某人，但老是不见那人的踪影。

其中一个着急地说：“怎么搞的？还不见他来，但愿他不要发生意外！”

一个罪犯的妻子要求狱吏能给她丈夫一份稍微轻松些的工作。

“他抱怨说，他近来一直觉得很劳累。”她解释道。

“但是，他白天什么活也没干啊。”狱吏回答道。

“这我不知道，但他对我说，他连续几个晚上都在掘一个墙洞呢。”

眼镜蛇高度近视，和大象初次约会，客套一番后，眼镜蛇对着大象的鼻子说：“来就来吧，还牵着这么大一头猪来，你真是太客气了！”

一伙贼抢银行，被摄像头拍了下来。

小贼说：“大哥，咱电影梦终于圆了！”

老大怒道：“笨蛋！你用点儿脑子好不好，戴着面具，谁知道咱们是哪个腕儿？”

士兵问连长：“作战时踩到地雷咋办？”

连长大为恼火：“能咋办？踩坏了照价赔偿。”

很久没收到你的信息，俺很心疼。俺想到死，曾用薯片割过脉，用豆腐撞过头，用降落伞跳过楼，用面条上过吊，可都没死成。你就请俺吃顿饭，撑死俺算了！

如果感到心里挖凉挖凉的，请拨打俺的电话！谈感情请按1，谈工作请按2，谈人生请按3，给俺介绍对象请按4，请俺吃饭请直说，找俺借钱请挂机。

长颈鹿嫁给了猴子，一年后长颈鹿提出离婚：“我再也不要过这种上蹿下跳的日子了！”猴子大怒：“离就离！谁见过亲个嘴还得爬树的！”

大象把大便排在路中央，一只蚂蚁正好路过，它抬头望了望那云雾缭绕的顶峰，不禁唱道："呀啦索，这就是青藏高原！"

听说过吗？前世的五百次回眸，才换得今生的一次擦肩。像你我这样亲密的朋友，上辈子似乎没干什么，光他妈回头了！

有两个造假钞的不小心造出面值15元的假钞，两人决定拿到偏远山区花掉。当他们拿一张15元买了1元的糖葫芦后，他们哭了——农民找了他们两张7块的。

一个三岁小男孩拉着一个三岁小女孩的手说："我爱你。"小女孩说："你能为我的未来负责吗？"小男孩说："当然能，我们都不是一两岁的人了！"

刚才和朋友聊天，其中有谈到你，知道吗？我和他们吵了起来，还差点儿动手打起来，因为他们有的说你像猴子，有的说你像猩猩，实在太过分了！根本没有把你当猪看！

伊拉克战争期间最流行的三个词：和平peace，战争war，发现found，把这三个英文单词连起来大声读三遍，你会揭开一个重大历史谜团。

吃屎、篝璁、醭歙、艽绱、癀穑、魍旃、偬龛、硪钚、鲋硐。

上面的词你认识几个，是不是发现自己除了吃屎就什么也不会了呢？

医生："怎么找不到我的笔了呢？我想给你开药方。"病人小声提醒道："医生，您不是把它放在我的夹肢窝里了吗？"

一男要跳楼，其妻大喊道：“亲爱的别冲动，我们的路还长着呢！”男子听后，“嗖”地跳了下去。警察说：“你真不该这样威胁他。”

有位父亲常常开导儿子说：“逢人说话，千万不要把话说得太死，要留有余地。比方说，邻居来借东西，不要说什么都有，也不要说什么都没有；应该说，有的在家里，有的不在家里，这样就把话说活了。其他情况可照此类推。”

儿子牢记父亲的教导。第二天，有个客人来找他父亲，问：“你父亲在家吗？”

“有在家的，也有不在家的。”儿子答。

称霸全球的精神科笑话

某精神病院听说领导要来医院视察情况。于是，院长召集所有病人开会。在会上，院长讲道："今天下午，有很重要的领导要来参观，所有的人都要去门口欢迎。在欢迎的时候，所有病人站在医院大门口两边，要站整齐，当我咳嗽的时候，大家一起鼓掌，越热烈越好。我跺脚的时候必须全部停止，不能有一个出错。要是大家都做好了，今天晚上可以给大家吃肉包子，只要有一个人弄砸了，所有的人都没有包子吃，记住了吗？"台下病人一起喊道："记住了！"

这天下午，领导准时到来。当他步入大门的时候，病人们已经在门口站好了。这时，随着院长一声咳嗽，所有的病人一起鼓掌欢迎，气氛十分热烈。来参观的领导受到热烈气氛的感染，面带笑容，和大家一起鼓掌步入医院。见领导已经走进了医院，院长一跺脚，所有掌声都停止了，非常整齐。只有这位领导还在面带笑容一边鼓掌一边前行，院长感到非常满意。忽然，从欢迎的人群里蹿出来一个壮如施瓦辛格的病人，大步冲到领导面前，抡圆了给了他一个大耳光，气愤异常地吼道："你丫不想吃包子了？！"

有一位病人来找精神科医师。

病人："我一直觉得我是一只鸟。"

医生："哦，那很严重啊。从什么时候开始的？"

病人：“从我还是一只小鸟的时候。”

有一位精神病院的医生问患者：“如果我把你的一只耳朵割掉，你会怎样？”那位患者回答：“那我会听不到。”医生听了：“嗯，很正常。”医生又问道：“如果我再把你的另一只耳朵也割掉，你会怎样？”那位患者回答：“那我会看不到。”医生开始紧张了：“怎么会看不到呢？”患者回答：“因为眼镜会掉下来。”

有两个精神病患者从医院里逃出来。两人跑啊跑，爬到一棵树上。其中一个人从树上跳下来，滚啊滚的，然后抬起头对上面的人说：“喂……你怎么还不下来啊？”上面的那个人回答他：“不……行……啊…… 我还没有熟……”

精神病院有一位老太太，每天都穿着黑色的衣服，拿着黑色的雨伞，蹲在精神病院门口。医生就想：要医治她，一定要从了解她开始。于是那位医生也穿黑色的衣服，拿着黑色的雨伞，和她一起蹲在那边。两人不言不语地蹲了一个月。那位老太太终于开口和医生说话了：“请问一下……你……也是香菇吗？”

精神病人甲对乙说：“你看我最近完成的这本小说怎么样？”乙看了看回答：“不错不错。不过，就是人物多了点儿。”这时，精神病院的护士进来说：“你们把电话号码本给我放回去！”

两位精神病人A君B君同时康复，他们的主治医生对他们说：“如果你们其中一个人犯病了，另外一个人就要马上把他送回医院。”突然一天，医生的电话铃响了起来，原来是A君："不得了了，B君从今天早上开始趴在我家的厕所里，非说他是我的马桶。""快，快把他送来啊！"A君沉默片刻："那……我不就没马桶了吗？"

精神病院里，一个精神病人每天都在一只空鱼缸里钓鱼。一天，一个护士开玩笑地问："你今天钓了几条鱼啊？" 精神病人突然跳起来叫道："你脑子有毛病啊，没看见是空鱼缸吗？"

有一个精神病院里面住着很多精神病人。一天，那里的院长为了看一下患者们的恢复情况，想了一个办法。他在墙上画了一个门，说："今天，你们谁把这个门打开就可以回家了。" 精神病患者们一听，便一拥而上，把那画的门围了起来。院长觉得很失望，这时他发现有一个患者还坐在原来的位置没动，觉得还行，就上前问道："你为什么不去开门？"他看了看院长，说了一句话，院长听了后是哭笑不得。那患者偷偷告诉院长说："我这儿有钥匙。"

医院精神科的患者常常会对医生或护士有爱慕的情结。某日，一位女患者向某男医生走来……

女患者："蓝医生，你爱我吗？"

蓝医生沉思许久（为了不伤及病人以免病情恶化），说："我们呢，是医生与病人的关系，因为你生病了，所以我必须好好照顾你……"

女病患："蓝医生，你的意思是说你不爱我？"

蓝医生（苦思不语）："嗯……嗯……嗯……"

女患者："还好……我爱的是陈医生……"

有一个病人狂叫道：“我是院长，你们都得听我的！”

主治医生和护士问他：“谁说的？”

他回答：“上帝说的。”

这时候，旁边一个病人突然跳出来，说：“我没说过！”

一个病人第一次去看医生。

“关于你的病情，你来这儿之前请教过什么人吗？”医生问。

“只问过街拐角药房的老板。”病人回答说。

医生最讨厌那些不是医生的人常常提些医疗方面的建议，他并不掩示这一点：“那个傻瓜给你出什么馊主意了？”

“他让我来找你。”

有一个精神病人，不知从哪里弄到了一把手枪。他走在一条胡同里，突然遇上一个年轻人，精神病人二话不说将其按在地上，用枪指着他的头，问道：“1加1等于几？”年轻人吓坏了，沉思了许久，战战兢兢地回答：“等于2……”精神病人毫不犹豫地开枪杀了他，然后把枪揣在怀里，冰冷地说了一句：“你知道的太多了！”

矮油，给大爷笑一个嘛

一天，小军在教室里写作文《我的家》。小军这样写道：

“我的家有爸爸妈妈和我三个人，每天早上一出门，我们三人就分道扬镳，各奔前程，晚上又殊途同归。爸爸是建筑师，每天在工地上指手画脚；妈妈是售货员，每天在商店里来者不拒；我是学生，每天在教室里呆若木鸡。我们家里的三个成员臭气相投，家中一团和气，但我成绩不好的时候，爸爸也同室操戈，心狠手辣地揍得我五体投地，妈妈在一旁袖手旁观，从不见义勇为。”

一天大早，传来鞭炮声，不知谁家的一家小影院开张了。第一天放映一部片子，片名为《七个男人和一个女人的故事》，并有简短介绍：“一美女莫名晕倒，七男人强行拖入森林，等待美女的是……”

众人都觉很有吸引力，遂买票入场。等到电影放映时，大屏幕出现《白雪公主》，众人气急败坏地走了。

隔天，众人再次路过小影院，见广告有所变化。新片名为《七个男人和一个女人的故事》，并有简短介绍：“一如花美女与七男人的数天惊涛骇浪般的销魂故事（绝非《白雪公主》）。”

众人这次觉得比上次更有吸引力，而且说明不是《白雪公主》，遂又买票入场，结果大屏幕出现《八仙过海》！

一次军事演习中，一颗炮弹偏离靶标很远。派去察看的士兵发现，炮弹落在农田里，田中站着一农民，手里拎着一棵白菜，衣衫破碎，满面漆黑，双眼含泪对士兵说："偷棵白菜，犯得着你用炮轰吗？"

电话铃声响，小女孩接起电话听筒……

男人："喂，娃儿呀，我是爸爸，妈妈在哪儿？"

小女孩："妈妈和陈叔叔在楼上的房间。"

男人有点儿生气地说："哪个陈叔叔？我们家不认识叫陈叔叔的人啊！"

小女孩："有啊，每次你上班后就来找妈妈的陈叔叔啊。"

过了不久，男人沉住气地说："娃儿呀，我们来玩个游戏好不好？"

小女孩兴奋地说："好！"

男人："你先去楼上的房间，然后大声喊'爸爸回来啦'，然后再来听电话。"

小女孩照着做了，不久听到一阵惨叫。

小女孩跟着听电话……

男人："妈妈怎么了？"

小女孩："妈妈听到你回来后，就冲出房间，不小心从楼梯跌下来，现在不动了。"

男人有点儿满意地接着问："那……陈叔叔呢？"

小女孩："我看到他从房间的窗口跳下游泳池，可是他好像忘记爸爸前天为了清理游泳池已把水放了，现在他躺在游泳池底，也不动了。"

男人沉默了一阵子……

男人："游……游泳池？请问这里号码是不是……"

小女孩："不是。"

男人：“噢，打错电话……”

一个女子开出的征婚条件有两点：1.要帅；2.要有车。

电脑去帮她搜寻，结果：象棋。

这个女子不服，重新开出条件：1.要有漂亮的房子；2.要有很多钱。

电脑去帮她再次搜寻，结果：银行。

此女子仍然不失望，继续开出条件：1.要长得酷；2. 要有安全感。

结果搜出的结果是：奥特曼。

此女子仍然不失望，还继续输入条件：1.要帅；2.要有车；3.要有漂亮的房子；4.要有很多钱；5.要长得酷；6.又要有安全感。

搜寻的结果：奥特曼在银行下象棋。

超级酒鬼的生活片段

酒鬼和儿子赶集买了两瓶酒，回家路上见一野兔从路边草丛蹿出。酒鬼说：“儿子，捉住它下酒。”父子二人狂追。酒鬼不小心摔了一跤，酒洒了一地，儿子边扶边说：“兔子跑远了，下酒菜没了。”酒鬼边挣扎边骂：“还要什么兔子，快趴地上喝酒，都浪费了！”

父亲在外面喝得酩酊大醉，摇摇晃晃回到家来。一进门，盯着儿子的脸看了一会儿，生气地说：“奇怪，你的脸怎么变三个了？像你这样一个人不人鬼不鬼的东西，这幢房子决不留给你！”他的儿子也在家喝得烂醉如泥，听了爸爸的呵斥，不服气地顶嘴：“那更好！像这样摇摇晃晃、来回打转的房子，给我，我还不要呢！”

车上，几个乘客谈论着有关酒鬼的故事。一个说：“我们村有个酒鬼，凡是在他身上吸过血的蚊子，立刻就醉倒在地上。”一个说：“我们城里的酒鬼才绝呢！他去游泳池游泳，满池子的水都是一股酒味。”这时，旁边一个睡着的乘客醒了过来，张开了嘴巴。霎时，全车的人都觉得昏昏欲醉，列车也晃动起来。列车员这时向大家说出了原因：“很不幸，我们车上有个酒鬼，刚刚打了个哈欠！”

萌死人的小动物

狗哭丧着脸和猫聊天："考古学家在主人花园发现了大量骨头！"

猫："那是新发现啊！你怎么这么悲伤？"

狗哭："那是我的私房钱啊！"

小鲤鱼问妈妈："爸爸干啥去啦？"

鱼妈妈愤愤地说："哼！打官司去了，挨千刀的厨师请你爹洗桑拿，幸亏你爹眼神好，发现那是油！"

狗在咬一块光光的骨头，猫嘲笑它："生活水平都这么高了，还有吃不起肉的！"狗回应道："你知道什么，生活再好也要补钙！"

胡萝卜看见火腿肠说："哇！真有钱，穿的都是皮衣了。"

火腿肠："这算啥啊，你看人家香肠，穿的是真皮，我们还穿着这人造革。"

狐狸嘲笑黄鼠狼没眼光，迎娶萤火虫小姐过门为妻。黄鼠狼掩嘴笑说："你懂什么，往后出去偷鸡，哪还用得着手电筒照路啊！"

我是人才我怕谁

一日午夜，睡梦中突然电话暴响。“谁这么晚还打电话？”揉揉惺忪的睡眼，黑暗中摸起电话。

“喂，谁呀？”

“大舅，是我。”

“哦，是你呀外甥。”

“大舅，您身体好吗？”

“挺好的。”

“我舅妈身体好吗？”

“都挺好的。”

“咦？大舅，你声音怎么变了？”

“因为你打错电话了，外甥。”

对方愣了5秒，然后电话中传来“嘟嘟”的声音。

今天在公交车上，由于拥挤。一男一女发生了碰撞。时髦女郎回头飞眼道：“你有病啊？”男子觉得莫名其妙回道：“你有药吗？”车上人窃笑！

女子觉得生气回道：“你有精神病啊？”

男子冷面对道：“你能治啊？”

全车人爆笑！

一只小狗爬上你的餐桌，向一只烧鸡爬去。你大怒道：“你敢对那只烧鸡怎样，我就敢对你怎样！”结果小狗舔了一下鸡屁股。你昏倒，小狗乐道：“小样儿，看谁狠。”

你走在路上，一母狗扑向你，从你的脚上咬了一块肉，迅速吞下去，你伸脚正要踢它的时候，狗含着泪说：“你打吧，反正我肚里已经有了你的骨肉！”

年度经济动物大奖：猪。

你的墓志铭打算写点儿啥

一居室，求合租，面议。

小事招魂，大事挖坟。

发布违规信息，永久封杀！

我觉得我还可以抢救一下！

老子是被活埋的！

广告位招租。

提供鞭尸服务，一次100元！

初从文，三年不中；后习武，校场发一矢，中鼓吏，逐之出；遂学医，有所成。自撰一良方，服之，卒。

基因重组中，请稍候二十年。

当你看清这行字的时候：朋友，你踩到我了。

老子终于不用怕鬼了！

给爷笑一个，要不……爷给你笑一个？

陪聊，提供夜间上门服务。

男女之间的无语表白

男：我希望我儿子叫你妈。

女：好啊，白捡一儿子。在哪里？

男：我是说，我希望那个儿子是你生的……

女：那为什么是你儿子啊？

男：……

男：我好喜欢你。

女：我也好喜欢我。

男：……

女：我喜欢你。

男：我心情不好。

女：我不是想给你压力。

男：我昨晚没睡好。

女：那你能接受我吗？

男：昨天那场考试我考砸了。

女：你别顾左右而言他。

男：我们不合适，我知道你昨天考得很好。

女：这不是重点吧？

男：呜呜呜呜呜呜呜呜……（开始狂哭）

女：……

女：你别装傻，你到底知不知道我喜欢你啊？

男：我不知道啊！

女：噢，那你现在怎么想？

男：我在想，我为什么不知道。

女：……

女：我……嗯……我想……（害羞中）

男：你不会是喜欢我吧？

女：不是。

男：那你是在拒绝我……（难过中）

女：啊？你喜欢我？

男：你都拒绝了……

女：我没有……我就是来表白的嘛……

男：不早说……

女：我需要一个男朋友。

男：你不能这样，这样太随便了。

女：我不想再一个人了……

男：我怕你被人骗，你男朋友就包在我身上了，我宿舍有个兄弟还不错。

女：我跟他在一起，你不会心疼吗？

男：我跟他没什么的，你放心。

女：……

最恶搞脑筋急转弯

松下为什么没索尼强?

答案：panasonic（怕了索尼哥）。

松下为什么没索尼强?

A和C谁比较高呢?

答案：C比较高（因为ABCD——A比C低）

茉莉花、太阳花、玫瑰花哪一朵花最没力?

答案：茉莉花。好一朵没力（美丽）的茉莉花。

猩猩最讨厌什么线?

答案：平行线。平行线没有相交（香蕉）。

麒麟飞到北极会变成什么?

答案：冰淇淋。原因：冰淇淋（冰麒麟）。

如果有一台车，小明是司机，小华坐在他右边，小花坐在他后面，请问这台车是谁的呢?

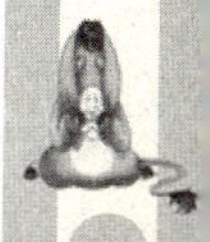

答案：“如果”的。

四个人在屋子里打麻将，警察来了，却带走了五个人，为什么？

答案：因为他们打的人叫“麻将”。

爆笑的汉字调侃对话

免对兔说：下回上厕所擦干净点儿行不？

忙对忘说：我就纳闷儿了，同样是生活在一起的两口子，你的心咋就那么大呢？

口对回说：亲爱的，都怀孕这么长时间了，咋不说一声呢？

力对办说：牛啥呀，有钱就拎俩包出来晃呀？

可对哥说：孩子他妈，别太惯孩子了，老拿脑袋顶着不累呀？

木对森说：几天不见，哥儿几个玩上杂技啦？

卓对桌说：碰上大忽悠了吧？好好的，咋架上拐了呢？

平对苹说：哥们儿，用点儿好洗发膏吧！瞧你脑袋脏的，都长草了！

日对白说：哟！我说朋友，几天不见，胖这么多？

驴对马说：大兄弟，跑得快没用，赶紧把户口上了吧！

月对肖说：姐姐，快点告诉我，哪能整这么酷的头型呀？

汤对烫说：哥们儿，快点儿回家吧，你们家后院起火了。

丑对妞说：好好和她过吧，咱这模样的，找个女人可不容易呀。

邪对阪说：咋整的，耳朵都长反了？

茜对晒说：出太阳了，咋不戴顶草帽？

令对今说：兄弟，咋啦？你的脚被车轧没了？

个对人说：不比你们年轻人了，人老了，没根手杖几乎寸步难行。

办对为说：平衡才是硬道理！

兵对丘说：看看战争有多残酷，两条腿都炸飞了！

比对北说：夫妻一场，何必闹离婚呢！

巾对币说：儿啊，你戴上博士帽，也就身价百倍了。

尺对尽说：姐姐，结果出来了，你怀的是双胞胎。

臣对巨说：和你一样的面积，我却有三室两厅。

晶对品说：你家难道没装修？

吕对昌说：和你相比，我是家徒四壁。

自对目说：你单位裁员了？

占对点说：买小轿车了？

且对但说：胆小的，还请保镖了？

大对太说：做个疝气手术其实很简单。

人对从说：你怎么还没去做分离手术？

土对丑说：别以为披肩发就好看，其实骨子里还是老土。

寸对过说：老爷子，买躺椅了？

由对甲说：这样练一指禅挺累吧？

木对术说：脸上长颗痣就当自己是美人了？

叉对又说：什么时候整的容啊？脸上那颗痣呢？

屎对尿说：干的和稀的就是不一样。

天对夫说：头上的包是老婆打的吧？

止对正说：加根横梁就好把握分寸了。

熊对能说：哥们儿，穷成这样啦，四个熊掌全卖啦？

木对末说：扛着长杆，我就不认识你啦？

凸对凹说：虽然咱俩房型不太一样，面积可不差呀。

巴对爸说：你可真够孝顺的了，总能看着你背着你家老爷子到处遛弯。

分对掰说：咋地，当官有架子了，小手还背上了呢？

山对灿说：咱可是以沉着稳重著称呀，发什么火呀？

则对厕说：毕业找工作，不信我话，没送礼，咋样？进工厂领导让你看厕所了吧？

知对痴说：别以为有我，你就是知识分子了。

我对峨说：挣的比我多，还不是你有靠山，没有靠山，你行啊？

郁闷时的专用笑话

上初中时候，两个同学（同桌）不知怎么对骂起来了，一个人骂另一个人说：“我同桌是个SB！”另一个人急了，回骂：“你同桌才是个SB！”旁边的一群同学愣了几秒后爆笑不止。

熊猫遇到从超市里怒气冲冲出来的袋鼠，问道：“怎么了？气成这样？”袋鼠喘着气说：“工作人员不许我进，非让我先存包！”

班上来了一个插班女生，她自我介绍：“我未必会是最聪明的，我未必会是最美丽的，我未必会是最优秀的，我未必会是最幽默的……”正当班上同学都称赞她的谦虚时，她突然说：“大家好，我的名字叫魏碧慧。”

一先生感冒去医院挂吊针，护士小姐很麻利地给这位先生插上针挂好盐水，一个多小时过去了，盐水打完了，护士过来马上又换上一瓶。先生不解，问护士小姐：“小姐，处方单上不是只开了一瓶吗？”护士小姐指着打完盐水的空瓶盖说：“先生您运气真好，这瓶中奖了——再来一瓶！”

晚上，我和女儿在客厅看电视，老公在书房上网。我有点儿渴了，却不想动，就说：“老公，拿瓶可乐给我。”老公从书房出来给我拿了一瓶，又跑回书房。这时，五岁的女儿也喊道：“爸爸，我也要喝。”老公不耐烦地说：“自己拿！”女儿愣了一下，又喊道：“老公，我也要喝。”

一男生暗恋一女生很久。一天自习课上，男生终于鼓足勇气写了张字条给那个女生，上面写着：“其实我注意你很久了。”不一会儿，字条又传回来，上面写着：“拜托你别告诉老师，我保证以后再也不上课吃零食了。”

两头牛在一起吃草，青牛问黑牛：“喂！你的草是什么味道？”黑牛道：“草莓味！”青牛靠过来吃了一口，愤怒地喊：“你骗我！”黑牛轻蔑地看它一眼，回道：“笨蛋，我说草没味。”

一老头退休后闲着无聊，便天天教鹦鹉说话。每早必教它说：“早上好！”可是几个月过后，鹦鹉仍不开口。老头为此十分气馁，这天早上便没有再继续教了。这时，只听鹦鹉对着老头大喊道：“老头！今天牛了啊！见我也不问好了？！”

医生说：“去给那位今天要出院的病人注射一针镇静剂。”护士不解地问：“都可以出院了，还打镇静剂干什么？”医生说：“等下要结账，我怕他受不了！”

有个百万富翁被告知得了绝症，只剩下半年时间。他在伤心之余找了个杀手，命令杀手在自己最开心的时候杀掉自己。几天后，百万富翁接到误诊通知，正笑得开心，被杀手杀了。

朋友和刺客唯一的区别是：刺客在背后捅你一刀，你回头痛苦地说：

"啊，你是？"朋友在背后捅你一刀，你回头惊讶地说："啊，是你！"

前两天和女朋友分手了，说好老死不相往来。到了第二天，我查手机包月，发现我们之间的点对点通话包月还剩499分钟，于是给她发了一条短信："咱们的情侣派通话包月还有499分钟呢，要不咱再凑合一个月，下个月再分呗？"她说："对，不能便宜了中国移动。"

有一只老虎感冒了，想要吃掉熊猫。熊猫哭了："你感冒了，为什么要吃掉我呢？"老虎说："广告上都说了，感冒就要吃白加黑！"

一人到某汽车销售中心，只见他掏出2000元人民币往桌子上一拍："给我来辆桑塔纳！"营业员大惊："你的钱不够啊！"此人不解："外面不是写着'桑塔纳2000'吗？"营业员："哦，那您出门往右拐，那家公司的奔驰才600！"

一个刚考完驾照的女士，在十字路口上突然熄火了。看着红灯变绿灯、绿灯变红灯，过了好一阵子，旁边的交警终于不耐烦了，问："怎么了？没你喜欢的颜色吗？"

有天和老婆出门，她在地铁里累了，就双手挂在我脖子上，靠着我休息。忽然间手机响了，老婆顺手抢过来一看，短信上写着："报告大哥！在地铁发现嫂子，和一个穿得很猥琐的傻B男人抱在一起！怎么办？"

生产队买了只公驴，可是没几天就死了。刚好母驴发情了，生产队的队员就打电话给在外地出差的生产队队长："队长啊，母驴发情，可是公驴已经死了。是先买头公驴还是等你回来？"

超经典、超深沉、超搞笑的美女语录

看一个国家的国民教育，要看它的公共厕所；看一个人的心术，要看他的眼睛；看一个的身价，要看他的对手。所以，不要拿我来抬高你的身价，你还不配做我的仇人。

有点儿俗，有点儿怪，有点儿无聊加可爱！有点儿懒，有点儿坏，有点儿机灵加无赖！

别以为自己长得跟擎天柱一样，就以为自己能挽救这个世界，没有用的。

你脑子有问题吧？你又不是人民币，以为什么人都喜欢你？

“自助餐的最高境界？什么境界？”“当然是扶墙进、扶墙出了！”

不损你两句，都对不起自己这有利的地形！

我一般都吃干脆面，比方便面还方便的面！

别炒股，对你来说风险太大了。按照你的智商，还是做豆腐最安全！做硬了是豆腐干，做稀了是豆腐脑，做薄了是豆腐皮，做没了是豆浆，放臭了是臭豆腐，稳赚不亏……

你说，怎样才能把烦心的事情一边笑着一边忘记？
这还不简单？把自己弄疯……

学生哥你惹不起

某大学老师："08级的男同学你们不要着急，你们未来的老婆现在还在中学蹦跶着呢……成功人士平均比配偶大12岁，这样算来你们很多人未来的老婆还在小学一年级蹦跶着，所以说现在养的那是别人的老婆……"

作文本发回来了，阿光看了，愤愤不平地说："为什么我会被打一个大叉？太不公平了！都什么时代了，古人可以写光阴似箭，为什么我就不能写光阴似炮弹？"

老师要同学们晚上在家里看三集的少年电视剧后，写观后感。小明没有看电视剧，第二天，他写了一篇两字的作文："停电!"

老师见了，说他撒谎，不可能停电，叫他晚上看第二集后再写一篇。小明还是没看，写了一篇五字的作文："电视机坏了。"

教授问一学生某种药每次口服量是多少，学生回答："5克。"一分钟后，他发现自己答错了，应为5毫克，便急忙站起来说："教授，允许我纠正吗？"教授看了一下表，然后说："不必了，由于服用过量的药物，病人已经不幸在30秒钟之前去世了!"

某一天，一同学在吃饭时听到三个女生的对话。一女说：“我觉得周杰伦和蔡依林好配！”另一女生说：“才怪！我觉得蔡依林和罗志祥最配！”两女生在争辩时，只听另一女生默默地说：“其实，罗志祥和周杰伦最配……”

初中时，一次生物老师讲非洲草原上的生态环境，全班无人听讲。老师愤怒了，说：“你们都看我呀！你们不看我，怎么知道非洲野猫长什么样子啊！”

舍友葡萄胖了，要减肥，于是乎发誓：“我每天只吃一张卷饼！”舍长解释说：“她是说卷饼只吃一个……”

我的一个弟兄在高数课上，老师问：“微积分是很有用的学科，学习微积分，我们的目标是什么？”

后排阴暗角落：“没有蛀牙！”

北京的夏天真是特别热，摸摸床铺都觉得烫手，一日傍晚刚凉快了一点儿，我正在熟睡中，突然感觉有点儿不对劲，突然睁眼，正好看见我临铺的兄弟正在拿一袜子准备放在我头上！被我一顿狂扁，并扬言一定要报复！到了当夜，大家都睡着后，我坐了起来，除了那个放袜子的，都还没睡，等着我报复，嘿嘿！我坐起来在他床头摸，冬天的时候他用电褥子，由于不能折，所以就铺在下面当垫子。我摸到插头给他插上，并且开到最大，然后大家都躺下了，没过五分钟，他就开始烙饼了，一会儿坐了起来，嘴里还嘟嘟囔囔：“太TMD热了，靠，床都这么烫手。”说着又摸摸了我的，才发现我的根本不烫。

音乐老师说：“戏曲有上党梆子、北路梆子……”

后排阴暗角落：“白菜帮子。”

舍友葡萄给外地朋友打电话：“体育要测试了，我天天跑两千米呢！”讲毕，大家质问：“你啥时候天天去跑了呀？”葡萄理直气壮说：“我昨天去了，前天去了……”

汗！这就是“天天”……

两个成绩极差的学生考试完毕后走到一起。

“杰克，你考得怎么样？”

“没什么，我交了白卷。你呢，西里？”

“唉，我也是！”

“那怎么成？人家会说我们是作弊！”

某生上课时睡觉，被老师发现。

老师：“你为什么在上课时睡觉？”

某生：“我没睡觉啊！”

老师：“那你为什么闭上眼睛？”

某生：“我在闭目沉思！”

老师：“那你为什么直点头？”

某生：“您刚才讲得很有道理！”

老师：“那你为什么直流口水？”

某生：“老师您说得津津有味。”

……

好像记得，一次地理课，老师讲某个棉花产地，只见他满怀深情地说：“……一到了秋天，满地都是白花花的……”

后排阴暗角落：“银子。”

法律学校的一次考试：“重婚罪的惩罚是什么？”

回答：“两个丈母娘。”

刚才去老师办公室，见老师边听佛教音乐边批卷子，问何故，答曰：“听着佛教音乐批卷子比较容易手下留情，要不然这群小兔崽子全都不及格！”

大一入学时，同寝室的同学相聚到一起，都喜欢聊聊天、吹吹牛。我们寝室也不例外。话说，开学第一天，我们寝室的一到齐，几人就围坐一起，准备开聊。刚坐下，一个人就“不失时机”地放了一个屁……我们都有点儿尴尬，不知说些什么好。还是室长灵机一动，拍着放屁者的肩膀亲切地问道：“听口音不像本地人呀……”

老师指着黑板上：m，a，y，d，b几个拼音考小朋友，小朋友用最标准的发音说：“摸——阿——姨——的——波！”

记得初中做几何题，数学老师狂怒，拿两个本子砸在讲台上：“xx、xxx，你们俩的答案怎么是一样的？”只听下面小声道：“君子所见略同。”

“老师，能不能把教室里的蚊子放入回收站，然后彻底删除？”

“可以，但是你必须先选中它。”

上大学那会儿，学校通报批评了一个夜不归宿去网吧整夜上深圳论坛的童鞋。通报是贴在木质展板上的。第二天，展板上空空如野，学校也没直接证据能证明通报就是该同学撕的。无奈，只好再贴，第二天又没有了，如此反复。学校有点儿毛了，用特大字又写了一遍，下边还标注："再撕者开除学籍！"第二天——展板没了！

下课点名，如果没来，期末成绩将被扣掉50分！念到一兄弟时不知怎么就跳了过去，于是他大喊一声："老师，你漏点了！" 年逾花甲的老教师低头看看了说："没有啊！"

一日，和几个兄弟上街，到了中午都感觉比较饥饿。一兄弟说："我记得这儿有一家饭店挺好的，还打折。" 于是众人听之。到了饭店。服务又差，上菜又慢，好几个菜都没有，而且巨难吃，还挺贵。于是众人将推举饭店的兄弟一顿臭骂，说什么打鬼折。这个兄弟耷拉着脑袋跟在大家后面出了饭店，出了大门回头看了一眼立刻晕倒："TMD，我还以为是'折'哪！"原来，饭店的墙上用白笔大大写了个——拆。于是又被众人臭骂。

某寝室女生，为了表示友好与亲切，排号为大姐、二姐、三姐……另一寝室男生得知，遂偷偷排号为大姐夫、二姐夫、三姐夫……

高中全校必须穿校服，有一复读的学生从来都不穿。一日，老师看到此同学没穿校服，问其为什么不穿，此同学大怒，曰："我妈又没死，为什么要穿孝服！"老师气倒。

高中的时候，第一次上劳动课。老师是个老头儿，自我介绍说："我叫吴树山。"我马上接道："西北望长安，可怜无数山。"全班爆笑，老师面色铁青，我被罚干重活。

高中物理课，讲动量守恒。老师提问："假设一个人站在冰上，没有摩擦，他想前进，有哪些办法？"

后排阴暗角落答："放一个屁！"

某晚，彭彭在和宝宝讨论高数……

数分钟后，讨论中突然冒出来句："她长得也性感，声音更性感……好撩人啊……"

卧在床上貌似睡着的舍长："我以为你们一直在研究数学呢！"

彭彭转而看了看数学书，顿了顿："这道题长得好撩人啊！"

这个是我最最最最最泪奔的！

老师布置写《我的同桌》，于是我的同桌——一个贼萌的河北小男孩，整节课都在观察我的脸，这看看那看看，仿佛同桌都两年了，他根本不知道我长啥样儿似的！他结束观测开始奋笔疾书，我探过头一看，当场石化："我同桌的脸像盆一样大！"后来我报仇，在作文里写："我同桌的脸像山西的煤一样黑！"

一位外国留学生在大学参加"普通话演讲比赛"，他的开场白是这样的："诸位女士、诸位先生，我首先得向各位道歉，我的普通话说得不好。我与贵国语文的关系就如同我跟我太太的关系一样，我很爱她，却又无法控制她。"

学校里的囧人囧事

地理课考试时，在试卷中有一道填空题为：我国最高的山峰是（　　）。小勇不假思索地填上了“二郎山”。

讲评试卷那天，地理老师把小勇叫了起来：“上课时，我讲了珠穆朗玛峰是世界第一高峰，你不知道吗？”

小勇说：“知道。可是前几天我听到一首歌里唱‘二呀么二郎山，高呀么高万丈’。我仔细一算，一万丈大约为三万多米，那比珠穆朗玛峰高多了！”

聚会上哥几个聊起得罪老婆后如何如何。末了还是几个老方法：跪搓板，跪键盘，跪主板。一哥们儿吹嘘说他老婆疼她，肯定不会跪如上的东西。大伙起哄让他打电话给老婆，免提复述以上选择。他老婆说：“跪那些多疼啊，你们怎么那么坏呢！”我们就问：“那跪什么啊？”他老婆沉默良久：“跪方便面吧，不许掉渣！”

在化学课上老师提问：“如果回到家发现煤气泄漏了，怎么办？”学生淡定地回答道：“别乱，点根烟，冷静一下再说。”

语文不及格？正常！骂人需要用修辞手法？

数学不及格？正常！买菜用得着画函数吗？

英语不及格？正常！中国人嘛！

化学不及格？正常！买零食还要用配平？

历史不及格？正常！五千年的历史记得完吗？

政治不及格？正常！谁和你天天谈政治？

物理不及格？正常！跳楼用得着计算空气阻力吗？

上高中时，英语老师(一个五十岁左右的中年妇女)嫌我们几个男生不听讲，遂大骂："你们想什么呢？"

我当时蒙了，也不知怎么就说了一句："想你呢！"

教室里沉默半晌，一双双惊恐的眼睛在望着我。

老师呆了一会儿后，指着我大骂："你就是一个臭流氓！"

冤啦！

A："老弟，你每天忙忙碌碌都在干些什么？"

B："社交、娱乐、旅游。"

A："你就不怕荒废了学业吗？"

B："我还在研究一门几何。"

A："是欧氏几何、解析几何，还是微分几何？"

B："是'对酒当歌，人生几何？'"

室友肖某闲得无聊，好不容易背了个书包到教室看书。在旁边占了个位置。时不时来几个男生，问："有空位否？"他摇头示意"没有"。于是他们只好半信半疑地离开了。好不容易等到七点多，来了一位亭亭玉立的小姐，他忙把书包挪开，让出一个空位。眼看着她向另一个方向走去，坐在一个还算英俊的小生旁边，原来那个是她男朋友。肖某叹曰："今天晚上又没有心思了！”

坐火车回家，旁边是一腼腆的美女，于是我热心搭讪道：“你好，你哪个大学的？”

“哦，你好，我是某某医科大学的。”

哈哈，成功搭讪！于是我附和道：“哇，原来你是白衣天使啊，那我以后看病就去找你喽！”

美女回答：“我是法医……”

两个学生在剑桥大学学习电子工程，一个来自埃及，一个来自印度。

埃及学生对印度学生说：“你知道吧，最近在尼罗河边发掘出成捆的电话线，这证明埃及人早就发明电话了。”

印度学生立刻反击：“前段日子，我国在恒河边也进行了挖掘。”

埃及学生忙问：“发现了什么？”

印度学生说：“什么也没有。”

埃及学生刚刚喜形于色，印度学生接着说：“这充分证明，印度人早已经发明了无线电。”

音乐课上，老师组织玩“音乐接龙”，即前一个同学唱一个音调的“拉”，下一个同学要先重复前一个同学的“拉”，再唱出另一个音调的“拉”。有个男生无聊，在每个人的“拉”音后都加个字，什么“拉风”、“拉面”、“拉大便”之类，等到他用非常优美的音色唱出一个“拉”后，音乐老师笑嘻嘻地看着他说：“让我们看看你能拉什么？”

小林在车站等公交车，有一个姑娘一直盯着他微笑。小林知道自己长得挺帅，吸引了姑娘的眼球，于是就原地踱了几圈，这么一来，对面那个姑娘笑得越发灿烂了，小林见了就更加起劲地在原地踱起步来。一旁的一位大妈对小林说：“小青年，别在狗屎上踩来踩去好吗？”

老师在讲课时，同学在下面唧唧喳喳说个不停。

于是老师很生气地一拍黑板擦，教室里一下子鸦雀无声。

老师说：“过去县官断案，就这样一拍惊堂木，堂下就立即鸦雀无声的。”

突然有个学生大声喊：“冤枉啊……”

清晨，金色的阳光照耀着大地。大学从床上爬起来，穿上裤子对我说：“你走，青春留下！”天啊，真不知道是我上了大学，还是大学上了我……

高中的数学老师是我们班主任，此人酒量一般，还偏偏喜欢喝两杯。有一次中午不知道是谁请他吃饭了，喝得有点儿高了。

下午上课开始讲上次的考试题。老师拿着粉笔开始极其工整地写板书。

正当我们都以为他没喝高的时候，发现这位已经写到黑板旁边的墙上去了，还一个劲地问我们：“今天的粉笔怎么和黑板一个颜色呢，你们在下面能看出来吗？”

于是我们都内伤了。

语文老师在黑板上写了一首诗：试问闲愁都几许，一川烟草，满城风雨，梅子黄时雨。“小猛，谈谈你对这首诗的感受，它到底好在什么地方呢？”老师问小猛。

小猛煞有介事地看了三分钟说：“只可意会，不可言传。”

数学课上。老师：“有的同学，啊，那单位不同怎么能相加呢？你说一头牛能加上一个人吗？那能等于什么？”

后排阴暗角落：“牛魔王……”

高三，几何老师，一老太，爱自吹，很烦人。一日在课上：“我在市教育局都很受重视的，他们总是请我去一起研究问题，每次都是车接车送。”（说到这里故意有一停顿，以加强语气）。

我：“三轮吗？”

结果：从此，我被禁止上几何课。

新学期伊始，我们计算机系高年级学生去车站迎接新同学。我见一小女生站在一个大箱子旁不知所措，便主动上前帮她提起箱子。不料箱子重逾千斤，我又不好意思放下箱子，只好勉力支撑。才走了几步，那女生便对我说：“提不动就滚吧！”我一听此言，顿时怒从心头起，放下箱子，怒视着她。那女生愣了几秒钟，才满脸通红地指着箱子的底部对我说：“我指的是轮子。”

晚上八点，正是女生宿舍楼前热闹的时候。当我们走过时，小安突然高喊：“七号楼的女生听着，我叫赵亮，我是法律系的，我住在八号楼115房间，我爱看A片，我还得了痔疮……”

从此赵亮成为学校里的名人，还真有女生来打听是不是真有个爱看A片得了痔疮的赵亮……

初中时下课喜欢几个同学一起扑蝴蝶（现在想想真无聊），结果一同学玩得太兴奋，上课铃响时，数学老师叫他几遍都没回答。上课5分钟后，此同学跑到门口喊报告，老师生气地说：“我就是喊一条狗，它都会摇尾巴啊！”此同学小声地接道：“我又没尾巴！”

全班爆笑，连老师也忍不住笑了。

这个也许不算接嘴：

老师拖堂：

“最后我还要讲一点……”

后排阴暗角落传来一句：“强扭的瓜不甜!”

全场寂静。

老师脸铁青：“……下课！”

地理课，老师讲喜马拉雅山的风向。他问：“这边是南风还是北风？”由于是下午第一节课，大家都比较困，没人应答。老师不断重复：“南风北风？南风北风？”

后排阴暗角落：“发财。”

妈妈语重心长地对女儿说：“从小你就不聪明，累死累活才考上个大学，毕业后还找不到工作，现在司机要男的，编辑要男的，会计要男的，连秘书也指定要男的，妈实在为你操碎了心啊。”女儿：“555555……”

妈妈一抹脸，坚定地说：“所以趁现在老婆还能是女人，赶紧上岗，要不然过两年……”

刚打电话问同学在哪儿，同学答：“在麦当劳。”

我说了句客气的套话：“嘿，哥们儿吃什么好吃的呢，我都闻到香味了。”

同学回答：“正在卫生间排队呢！”

大学里，上课铃响，老师走进教室，教室里只稀稀拉拉坐着三个学生。老师毫不理会，连讲了两节课。讲毕，老师回过头来，问道："这三位同学学习态度很不错，你们班的其他同学今天怎么都没来？"下面一学生弱弱地答道："老师，我也不知道，我们不是您的学生，我们是在这儿自习的。"

小明："当老师真好。"

老师："好在哪里？"

小明："看漫画、打电动都不用花钱，只要没收学生的就行了！"

班里有一对情侣，都是我的好友，两人虽在一起，但一直未挑明。

女孩姓毕，正好我们一个老师也姓毕，所以平时我们就管女孩叫"毕老师"。

这一天，帅男终于下定决心表白，我们几个上课去就谈论这事。正当一个人说"你们知道吗？今天帅男终于要向毕老师表白了，真希望能成功"时，真正的毕老师出来了……老师表情很不自然："你们……你们回去好好劝劝他吧，我都结婚了……"

我有个姐姐，刚住校的时候，不会套被子，她居然自己爬到被单里面去弄！

她有个室友恶搞她，在外面把被单的拉链拉了起来，把她关在被单里面了。

那个室友本以为她自己可以出来的，就放心地走了。

结果没想到，直到晚上室友回来的时候，才发现她还在被单里，哭得声嘶力竭的！

下午闲聊，一女同学说她最近有些失眠，然后望着窗外神情忧郁。

大家问怎么了，她说：“也许是我对文字实在太敏感了。”

我心想，这姑娘平日里书不看，课不上，想不到也有如此纤细、文艺的心灵，便用深沉的口气道：“也许你该看看亦舒。”

女同学一边挠着胳膊一边瞪我：“我说的是蚊子，你说的是谁？”

某天连上两节政治课，第一节下了之后没人擦黑板，第二节政治老师看到，很生气地问：“值日生怎么不擦黑板？”

一个很理直气壮的声音说：“谁污染谁治理！”

全班大笑。

刚刚在筛简历的时候，看到某毕业生简历。

获奖经历：在校期间多次获得康师傅“再来一瓶”奖励。

初中运动会接力跑的时候，老师再三嘱咐运动员，交接棒的时候一定要接稳、接稳、再接稳！于是，比赛的时候……他们……真的……接吻了……

生物课，复习到染色体，大家都知道男性的性染色体是XY，女性的是XX。老师说现在临床上已经发现五个X染色体的女性。一同学问：“那她是啥性别啊？”

阴影的角落传来低沉的声音：“超级女生。”

一日上电脑课，有一排同学的电脑死机了！于是一位同学站起来说：“老师，电脑死机了，我们这排全死了。”这时，许多同学都说：“我们也死了！”

班主任组织开会，说我们专业多么好，某学长毕业了工资几万。后排阴暗角落里传来一句：“年薪吧？”

“我今天带来一只青蛙，”动物学教授对学生们说，“刚从水塘里捉来的。这节课我们要解剖青蛙。”他拿出一个纸盒，小心地打开。

盒子里是一块火腿三明治。

“奇怪，”教授十分惊讶，“我明明记得吃过午餐了嘛！”

老师问学生：“人生自古谁无屎，你接下一句。”

学生答：“有谁大便不用纸。”

老师很生气，叫学生罚站。

这时，老师看见窗外下着雪，就遗憾地说：“上天下雪不下雨，雪到地上变成雨。变成雨时多麻烦，为何当初不下雨。”

学生说：“老师吃饭不吃屎，饭到肚里变成屎。变成屎时多麻烦，为何当初不吃屎。”

老师当场晕倒！

一天，我弟弟去师大附属小学打篮球，听到操场边一低年级女生问一个低年级男生：“你到底爱不爱我？”那男生无奈道：“我妈一天给我三元钱，其中两块五都让你拿去买零食了，你说我爱不爱你！”

生物课上老师提问：“父母都不患这种遗传病，孩子却患病，那么最有可能发生了什么？”

标准答案是“基因突变”。

后排阴暗角落里响起低沉却清晰的男声：“外遇。”

空前绝后的恶搞笑话，有木有

一天，一位母亲带着刚度蜜月回来有深度近视的女儿到眼科挂急诊，并气急败坏地对医生说：“跟她回来的那个男人，根本不是先前跟她度蜜月的那个！”

有一兄弟平时很豪迈，可是对于他喜欢的女孩子却很腼腆。终于，在我们几个兄弟的逼迫下去向那女孩表白。

他支支吾吾了半天，人家女孩有些不耐烦了，问：“你到底有什么事啊？”

然后此兄不知道哪根筋坏了，终于说了一句：“求包养！”

今天，我终于知道鱼缸里的鱼是怎么死的了。

我妹妹在往鱼缸里喷洒清洁剂，因为她想让鱼闻上去有柠檬的味道。

今天去串门拜年，把自己晾在一堆一堆的亲戚面前，被大家批判怎么还不结婚！又因为是长辈，还不能说关你屁事儿！

在拥挤的超市里，一位顾客买了一大堆东西。营业员装完东西把购物袋递给这位顾客。这时，袋子的底部突然漏了，里面的东西掉得满地都是，顾客抱怨起来。

营业员解释说："这些购物袋是不如以前的结实了。以前的购物袋都是在人们走出超市后才漏的！"

今天给三岁的女儿洗澡，刚把女儿放进澡盆，女儿就大喊："妈妈快看，爸爸泡妞啦！"

一人游泳，路过一个湖泊，想跳下去游玩。他看湖中有块牌子，由于近视看不大清楚，他就跳入湖中看个究竟，游到湖中，终于发现上面写道："湖中有鳄鱼，请勿靠近。"

人事部的张主任调到别的部门去了。一天，一位他的朋友打电话找他，结果是别人接的——

"请问张主任在吗?"

"很抱歉！他已经不在人事了！"朋友说。

"什么！这是什么时候的事？前天我才刚刚跟他通过电话的，怎么就不在人世了？"

今天全家看芒果台播放的穿越片《步步惊心》的时候，我突然很脑残地问我爸："爸，你说我为什么要叫你爸呢？"我爸弱弱地回答："你也可以叫我阿玛……"

在拥挤的公共汽车上，一对青年男女拉着吊环站着。

女孩对男孩说："唉！你帮人家抠一下脚丫好不好？"

刹那间，公车内的空气仿佛凝固了一般，那男子面有难色地回答："不方便吧？人这么多！"

女孩还是撒娇说：“我不管，赶快帮人家抠一下脚丫嘛！”

此时，整部公车的人都注视着那男子身上。

只见他满脸通红地拿出大手机拨了号码：“喂！脚丫吗？我女朋友要我抠（CALL)你！你自己跟她说吧！”

一老农想拥有金条久矣，但只在宣传画上见过。终有缘一见，却大失所望：“假货！怎么不发光呢？”

一日去KTV，电梯间内贴有一海报：XXX KTV全体员工祝莘莘学子高考顺利。

进电梯后，内有一非主流男和一非主流女。男无事，四处张望突然看到海报，念道：“……‘xinxin’学子高考顺利。”不解，遂问女：“这个‘xinxin’是谁啊？还有人为他高考贴海报！”

女淡定地答：“不知道，可能是这KTV老板家的儿子高考吧，还叫‘xinxin’，真TM恶心……”

一男子在商店里买完香烟，当场就点着一支抽了起来。售货员小姐说：“先生，请把烟掐了，我们这里不让吸烟。”男子疑惑地说：“这烟不是在你们这儿买的吗？”小姐说：“那又怎么样？我们这里还卖手纸呢。”

老公教5个月的宝宝说话：“叫妈妈，妈妈，妈——妈——”

宝宝笑眯眯地看着他。

老公：“叫爸爸，爸爸，爸——爸——”

宝宝很清脆地：“哎！”

老公气急败坏：“好小子，占你老爸的便宜——”

一对夫妻正讨论着刚贴好的壁纸。丈夫对刚贴好的壁纸不太满意，而妻子却无所谓。为此，丈夫很恼火，他对妻子说："这个情况的出现，就在于我是个要求完美的人，而你却不是。"

妻子回答道："说得对极了。这就是为什么你娶了我，我嫁给了你。"

两个女人在郊外喝酒，一直喝到天蒙蒙亮。

回来的路上，她们内急难忍，于是硬着头皮走进路边的一片墓地。因为没带手纸，第一个女人便脱下内裤擦了擦，并扔掉了内裤。第二个女人发现旁边有个花圈，便撕下挽联擦了擦。

两个女人回家后没多久，他们的丈夫便互通电话。

"看来我们得当心了，昨晚她们俩肯定有事儿，我发现我老婆回来后没穿内裤！"

"我更糟，我发现我老婆屁股上贴着个纸条，上边写着：'我永远不会忘记你'！"

丈夫喝醉酒回家，蹑手蹑脚地摸进盥洗室，找来一些橡皮膏，对着镜子，往自己酒醉闹事留下的伤口上贴，然后悄悄爬上床。

第二天早上，他被妻子摇醒了。

妻子叫嚷道："你说再不喝酒了，昨晚怎么又喝醉酒了？你去瞧瞧，盥洗室里的镜子上，横七竖八地贴了多少橡皮膏？"

今天聚餐的时候，听到旁边一对情侣对话。

MM："你手机怎么切换拼音？"

他说："摁菊花键啊。"

MM思考了下，立马作顿悟状认真地对着手机底部摸索了半响……我忍不住了："兄弟，可不可以不要把星号键说成菊花键？"

一个肥胖的太太到公园去散步，她看到了一只很凶猛的狗，十分害怕，于是请那人把狗带走。那人却说："请你放心，它不吃肥肉。"

有个老头有一条狗死在外地了，然后老头让朋友把狗的尸体托运回来。托运站发现狗的尸体，以为是托运过程中死的，于是托运站又买了一条一模一样的狗。

结果老头收到狗后，发现狗活了。

老头吓死了。

一个小偷半夜溜进了一个戒备森严的地方，经过千辛万苦打开保险库之后，发现里面居然全都是果冻……又累又饿的小偷一怒之下吃掉所有果冻之后，离开了。

第二天当地报纸新闻头条：《震惊！精子库疯狂被盗！》

有次大热天的打麻将，突然停电了，只好点了蜡烛继续战斗。过了半个小时，实在热得受不了了，一人说："还是开电风扇吧，热死了。"另一人接口："不能开，开了会把蜡烛吹灭的。"

今天，我刚买不久的iPhone被偷了，抱着试一试的心态，我给自己的手机发了条短信："手机可以给你，能不能把卡还给我？"

短信发过去后，对方很快就回复了："可以啊，你顺便把手机的充电器给我带来吧！"

喝水时勿看的爆笑经典

今天我男友去公司参加最丑衣服竞赛，他穿了一件印着我卸妆后素颜照的简单白T恤，结果得了第一！

今天情人节，一死党QQ签名上写道：哪家有闺女今天借咱一个过节，明年一大一小给你还俩！

今天，是我这几个月来第一次约会。在吃甜点的时候，对方讲了一个一点儿不好笑的笑话。为了表现友好，我哈哈大笑，结果导致嗓子被甜点卡住，最终导致我吐了一桌。

我问我妈：“你要那么多土豆干啥呀？”

我妈说：“吃呗，你忘了你小时候跟猪抢土豆吃了？”

我吓了一跳，赶紧制止我妈：“这事儿可别跟外人说。”

我妈很是骄傲：“怕啥呀？你忘了你赢了？”

为了让老公同意我买件新大衣，我故意把旧大衣的纽扣拽下两个，然后对老公说：“大衣纽扣丢了两个，多不好看呀……”

没等我说完，老公说：“好吧，明天咱俩就去给你买，而且买最好的。”

我说：“最好的肯定得上千，买件几百块的就行了。”

老公吃惊地说：“什么，两个纽扣就要好几百块？不可能吧！”

富翁瞧了瞧坐在身边的农夫，想侮辱他一下，便对农夫说：“你看看自己，跟一头驴能差多远？”

农夫上下打量了一下富翁，看了看两人之间的距离，坦然答道：“近得很，紧挨着就是。”

公司新来了个男同事，一看就是老实人，作自我介绍的时候，明显很紧张。

男同事自我介绍道：“大……大……大家好，我……我姓苟，一丝不挂的苟。”

一次，几个朋友约在一家名叫“鱼头王”的酒店喝酒。其中的一位喝多了之后，硬是要赶到另一家酒店去会又一批酒友。大家拦他不下，只得放他去了。没过多久，他又一脸灿烂地出现在我们面前，连声抱歉：“对不起，对不起，我刚刚喝了一顿，来晚了。”说着，一屁股坐了下来，冲着服务员喊道：“来啊，上饭！”后来我们才知道，他离开我们之后，钻进出租车，冲着司机大声说：“开路，去鱼头王！”结果，司机带他在街上绕了一圈，又把他送了回来。等他再次来到我们面前时，他已经辨认不出谁是谁来，结果还好一通道歉！

今天的风真大，刚与一个骑单车的擦肩而过时，姐的围巾顺着风势往后飘，刚好被单车把手钩住，险些勒死姐了！

李总事业有成，却将终身大事耽误了。

他决定在报纸上登个征婚启事，征婚启事写得很有文采，但李总还是不放心，便叫来人事部王经理：“不好意思，请你帮我改一下。你经常写招聘启事，有经验。”

王经理不敢怠慢，他反复看了几遍，挑不出什么毛病，斟酌又斟酌，最后在征婚启事上加了一句：“有经验者优先。”

前几天想约个女性朋友一起去摘草莓，她却一口回绝了我。我不解地问她：“为什么呀？”她看着我，非常坚决地说了句：“我不会爬树!”

帮LP买WSJ，结果到商店看了半天也不知道买什么，于是就随便拿了一包问店主：“老板，这个好用不？”老板（男的）呆呆看了我5秒钟，说：“这个我也没用过！”

一对非常要好的朋友一起喝酒。

A突然对B说：“哎，听说你老婆可是不让你喝酒啊！”

B答：“我在家就像是老虎。我会怕她？哈哈！”

不久，他老婆从外买菜回来。

B突然大叫：“快，武松回来了！帮我把桌子收拾一下！”

那是很久以前的一个夜晚，一个少年正往电线杆上刷糨糊，准备贴一张治X病的广告。

黑暗中，我悄悄走到他身后，说：“你干什么呢？”

少年跳起来，扔了刷子，扔了装糨糊的桶，扔了还没来得及贴的几十张广告，跑了。

我没办法，掏出一张办证广告，端端正正地贴在他刷的糨糊上。

一个酒鬼回家刚躺下，就挨了女人没头没脑一顿揍。

酒鬼说："我又没醉，为什么打我？"

那女人边打边骂："你还没醉？连房间都进错了！"

酒鬼眯着醉眼，看了一眼女人说："对不起，原来不是我老婆……"

他话刚说完，头上又重重地挨了一下："放屁，我就是你老婆，正在邻居家串门！"

老爸去买鞭炮，老板说是一千响的，回来一数，就五百个炮。老爸寻思了一会儿，说："他说的一千响估计是带回音。"

有一个美丽的空姐，非常漂亮，可就是有一个坏毛病，爱放屁，而且是奇臭无比。

一次空航服务中，空姐又放了一个屁。瞬间整个飞机里面都弥漫着臭味，一位乘客实在受不了，便问空姐："小姐，怎么会这么臭呢？"

空姐十分不好意思，但肯定不能承认啊，太丢人了……

于是空姐灵机一动回答道："哦，这是很正常的，因为我们的飞机正在飞过臭氧层。"

前几天，我跟老公一起逛超市。因为老公比较怕热，所以进了超市后直接就往冷柜那边跑。冷柜那边明显凉快很多，老公大声对我喊："老婆快过来爽一下！"

周围的人都看着我们偷笑，我那个尴尬啊！

一人老丢车，当他将新买的车放在楼下时，他上了三把锁，并夹了张纸："让你丫偷！"第二天车没有丢，并多了两把锁和一张纸："让你丫骑！"

"大夫，我儿子一直喜欢玩沙子，又是做沙子甜食，又是盖沙塔。您觉得他需要治疗一下吗？"

"这对孩子而言是再正常不过的啊！"

"大夫，可是他的妻子吵着要离婚！"

侍者说："哦，减肥餐啊！"

"那给我来两份减肥餐好了！"

老婆婆上了公交车，坐在一旁的小朋友连忙起身。老婆婆说："你坐吧，不用给我让座！"过了一会儿，小朋友又站了起来，老婆婆拍拍他的肩膀说："真的不用给我让座，你坐！"就这样反复经过好几次后，小朋友终于忍不住哭了！小朋友哭着说："我已经坐过好几站了，你为什么不让我下车？！"

今天女朋友出差，告诉我，她买了一件性感睡衣。我说："好想你啦，给我发张照片吧。"女朋友问我是穿着照还是脱了照。我大喜，答："脱了照。"晚上（就在刚刚），我收到一张挂在衣架上的性感睡衣照……

一个医生家的水管坏了，他打电话叫来一个水管工修理。

水管工鼓捣了一个小时，终于把管子修好了，他递给医生一张600美元的账单。

"600美元！"医生愤怒地说，"我当医生一小时都赚不了这么多钱！"

“是啊。”水管工平静地说，“我当医生的时候也是。”

今天，丈夫邀请了他的几个大学同学来吃饭。一人问我丈夫：“嘿，你三年级时交往过的那个胖娘们后来怎样了？”我和丈夫从他大学二年级开始交往，其间从未有过其他人。

曾经有一段时间家里闹耗子，我妈就买了耗子药来维持家庭安宁，但是一只耗子都没药死。

一天大早，我妈起床看了看门旮旯里的耗子药，自语：“这药怎么没有人吃啊？”

全家晕倒……

同学叫于京波，一日来信，宿舍门卫在宿舍门口大叫：“干凉皮、干凉皮的信！”

今天，平时很腼腆内向的男友突然说了一句很震惊的话：“我发现不论哪个女孩名字后面加上‘rmvb’或‘avi’，看上去顿时就有了一种别样的暧昧与风骚。”

我的朋友新买了一条裤子和一帮好友去野营，但裤腿太长了。晚上临睡前，他自言自语：“裤腿短10厘米就好了。”说完，便将裤子不经意地搭在帐篷外。

他的话被喜欢他的三个女孩听到了。第二天，他起床时发现，裤子短了30厘米。

一个男人在等候室焦急地等着他临产的妻子。过了很长时间，一位笑盈盈的护士推着装了三个婴儿的婴儿车出来。

男人仔细看了看三个婴儿，郑重地对护士说道："我要中间这一个。"

一日，我跟爸妈还有弟弟去拜观音。

我没怎么睡醒，往前一站就说："受苦受难的观世音菩萨啊……"

爸妈："……"

弟弟："……"

菩萨："……"

笑死人不偿命

女房东气势汹汹地冲进了画家的房间："先生，我今天的话可是对你的最后通牒，你的房租决不能再拖欠了!"

"请你不要打扰我的工作。"正在埋头绘画的画家回答说，"老实告诉你，我住在你的房间对你是莫大的光荣！当我不再住在这里的时候，人们将会说'这房间曾经住过一位伟大的艺术家'！这不就是你的光荣吗？"

女房东怒道："如果你今晚还不付给我房租，那么我明天就可以得到这种光荣。"

海滩上，两个女人在聊天。

"你最近怎么回事，瘦了这么多？"

"我非常难过，我的丈夫对我不忠，找了个小情人。"

"那你赶快跟他离婚呀！"

"现在不行，我想再减五公斤。"

名牌产品的生产流程：

德国人发明——美国人产品化——英国人投资——法国人名牌化——意大利人设计包装——日本人成功使其高性能或小型化——中国人大量生产——韩国人说是他们的。

一个学生去看医生，医生检查后说：“没关系，注射一针就好了。”

医生拿药棉在学生手臂上擦擦，如此反复三四次。

学生以为病重，担心地问：“医生，问题严重吗？”

医生认真地说：“同学，你该洗澡了。”

两只青蛙恋爱多日结婚，婚后生一宝宝。公青蛙欢天喜地地抱起宝宝，仔细一看，却是一癞蛤蟆！公青蛙大怒，紧紧掐住老婆的脖子：“告诉我，这是怎么一回事情？！”母青蛙流着泪好不容易才憋出一句话：“认识你之前，我就整容了！”

悟空和唐僧在《非诚勿扰》当男嘉宾，结果悟空上台灯全灭。

众美女谈理由：

1.只有一根破棍，没房没车。

2.保镖职业危险。

3.曾三打白骨精，对女生有暴力倾向。

4.曾坐五行山牢。

唐僧上台灯全亮。

众美女谈理由：

1.有宝马。

2.是高级公务员。

3.跟皇上有关系，后台硬。

4.精通梵文等外语。

5.发型时尚，和主持一样，也是光头！

老郑躺在病床上奄奄一息，他老婆小禅坐在床边，抓着他的手泪流满面，口中念念有词地祷告。

老郑睁开疲弱的眼睛看着小禅，张开苍白的嘴唇轻声地说：“亲爱的小禅……”

小禅捂着他的嘴：“你累了！静静地睡吧，乖，不要说话！”

老郑很无力地说：“但是，我有事情一定要跟你表白！”

“没什么好表白的了！你累了，还是好好睡觉吧！”小禅啜泣着说。

“不！不！不！我一定要表白，我要很平和地死去。我曾经睡过你的妹妹、你最好的朋友、你最好的朋友的朋友。”

小禅轻轻地啜泣：“我知道，这就是为什么我要对你下毒的原因。”

猪八戒到韩国做美容，成了帅哥，于是到夜总会找美女。

散场后八戒问美女：“知道我以前有多丑吗？我是猪八戒!”

美女大惊：“二师兄，我是老沙!”

一位胖太太对老公说：“我要去游泳。据说，这样可以减肥。”

老公：“那是骗人的，你瞧瞧鲸鱼。”

有个兄弟追女朋友，每天早上一包心形饼干和一瓶牛奶，坚持不懈，终于到手。

一天早上，他又带着心形饼干去看女朋友，女友就问：“你这饼干哪儿买的？我去了好多超市，就是买不到这种形状的。”

他自豪道：“那当然找不到啦，这是我啃出来的……”

今天一位老人和我谈论肉价格的问题，我告诉他我不知道，我是素食主义者。

他回答道：“我以为，素食主义者都是瘦子。”

老妈总是嫌我踢被子。晚上要去我房间给我盖被子很累，于是便逼我和她一个床睡。半夜，我突然感到被子一点点没了……

原来是老妈把被子拉走了裹到身上。我使劲拽了几下，居然没拽动。正要放弃，老妈似乎醒了，摸摸我身上居然是光溜溜的，捉起我来就打：“死妮子，叫你踢被子！叫你踢被子！”

何四与邻居发生争执，何四便粗鲁地骂对方：“你是猪！”此事被居民小区治安员知道了，于是要罚何四30元钱。

何四接过罚单，很不服气：“上个月我也是骂他是猪，你只罚了我20元！”

“很抱歉，”治安员苦笑一声，“这段时间猪肉涨价了。”

在酒会上，一位女人问邻座的男人：“对面的那个丑八怪是谁？”

“是我的哥哥。”男人回答。

女人说：“不好意思哦，你们长得这么像，我怎么没看出来呢？”

英语老师教语法，下课前问大家：“我都讲完了，大家还有明白的吗？”

我们齐声答：“没有了！”

高中，脸上长了青春美丽疙瘩豆。某日坐公交车，手拉拉环，随车晃动，一小P孩拉着我的衣角：“哥哥，哥哥，八宝粥洒在你脸上了。”

今天去一个朋友的亲戚家办点儿事，临走那个帅哥哥送我出门，我含情脉脉地对他说：“慢走……”

巨尴尬！

兄弟的一高中同学，报名考飞行员，体检时都是那种脱光光的，检查得特别严格。这位老兄趴床上，一老头医生过来了，把两片PP一掰开，靠！直接一巴掌就拍屁股上了！“怎么搞的,这么大人了，屎都擦不干净！”声音巨大，旁边还有好多同学，倒啊，估计这厮没脸见江东父老了！

小保姆嗓门特别大，主人叮嘱，今晚来的都是有身份的人，说话务必小声一点儿。

吃完饭，主人客人玩牌，小保姆收拾完想早点儿休息，于是凑近男主人耳边轻声道：“那我先睡了哈。”

记得我年轻的时候，有一次在小区内玩吊绳，旁边有几个小孩看到了。其中有一个小女孩走过来，对我说：“叔叔，你的绳子能不能借我玩玩？”

叔叔？！本人听后顿时脸色一沉！

小女孩很聪明，立刻改口说：“哥哥，绳子能借我玩玩吗？”

我靠！崩溃了！老娘长得就那么像男人吗？！

有一种考试范围叫“整本书都要考”，有一种考试重点叫“我讲过的都是重点”，有一种选择题叫“看上去都对”，有一种填空题叫“全都不会”。女同学们，碰到给重点的老师你就嫁了吧！

一次和男朋友逛街，跟他说玩一个信任游戏。我闭上眼睛，他领着我走路，坚持了好久，一直顺利上了地铁。地铁上人很多，不过男朋友还是扶着我坐下了。然后，他附在我耳边小声说："千万别睁眼，这个座位是别人让的……"

老李头的儿媳妇整天在家里闹得不可开交。

老李头没办法，找到媒人说："当初你给咱娃介绍对象的时候，口口声声说是一个好女子，谁知她竟是这样……"

媒人解释说："当初我只说她是个好女子，可没说她是好媳妇呀！"

一天突然发现，我有大姨、二姨、四姨、五姨，却没有三姨。

于是就去问我爸："为什么我没有三姨？" 心里还想了一下："难道三姨在小的时候就死了？"

我爸怒道："你三姨就是你妈！"

语文老师："请大家把书翻到120块钱。"

全班皆晕，后这位老师得绰号"财迷"……

小美："我昨天看了场演唱会。"

小王："是吗？那不错啊。是谁的演唱会啊？"

小美："杰伦啊。我最喜欢他了，昨天的演唱会可精彩了。"

小王："杰伦最近没有好像没有开演唱会吧？"

小美："我在电视上看的。"

小王："……我开始崇拜你了！"

一对恋人在山中被野人抓住。

野人说："你们吃掉对方的大便就放了你们。"

恋人做到了，归途中女人大哭，男人问其原因，女人伤心地说："你不爱我，不然你不会拉那么多。"

一位顾客坐在一家高级餐馆的桌旁，把餐巾系在脖子上。经理看到很反感，就叫来一个服务员，说："你让这位绅士懂得在我们餐馆里那样做是不允许的，但话要讲得尽量委婉些。"

服务员来到那个人的桌前，有礼貌地问道："先生，您是刮胡子还是理发？"

昨天下班途中，与同事闲聊，她说起她老公是属猪的，但是在年尾生的，算起来该算是猪尾巴。我马上头脑发热，一句让我悔恨终生的话，大声地、激动地脱口而出了："我是猪头！"

……

某汽车配件厂招牌上的"件"字掉了偏旁成了"牛"，一老农见了嘀咕道："这汽车配牛，至少也该生出个拖拉机吧！"

我一哥们儿，就喜欢酒后驾车。一次，回家时正碰上交警在查车。就在他暗叫倒霉下车接受检查的时候，交警接了个电话，捧着手机，指手画脚，滔滔不绝地说了起来。

他一看有机可乘，就悄悄返回车里，趁打电话的交警不备，风风火火地把车开回了家。

第二天，有人来敲他家的门，正是昨天的那个交警。他的酒现在已经醒了，自然理直气壮地质问交警："你来干什么？有什么事？"交警说："你的车我已经给你开到了门口，现在，你把警车还给我吧！”

一个卖丝巾的小屋，卖丝巾的小伙在喊：

“漂亮丝巾啦！给你老婆买一条吧！没有老婆的，给别人老婆买一条吧！”

一个富二代超速行驶，被一女警抓了。

女警给富二代开罚单，富二代嚣张地问道：“你知道我爸是谁吗？”女警答：“这得问你妈……”

今天给我奶奶上坟，看到奶奶旁边的邻居的牌位倒了，就想帮扶起来，哪知那个牌位是塑料的，很久了变得很脆，我用力过猛捏碎了一小块！当时很害怕，就和她解释说我不是有意的，是想帮他扶起来。我妈妈在旁边淡定地说：“没事，你奶奶在下面会和他解释的。”

小时候，爸爸看我写作文。有个很简单的字写错了，爸爸笑着跟我妈说：“我发现你的儿子很笨。”我急了，大声跟我爸说：“你的儿子才笨！”

同桌间的爆笑对话

场景：前一天锻炼过了，腰疼。

A：“你咋了，肾亏？”

B：“腰疼。”

A（吃惊状）：“你有腰？”

场景：说错话了，A要打B。

A：“我手痒痒……”

B：“痒痒，您就挠呗，请用999牌皮炎平！”

场景：A再揭B老底，被B狂掐5分钟。

B：“你不疼啊？”

A：“疼，相当疼。反正你都掐了，我干吗不说完？”

场景：A打完球回来，摸了B胳膊一下。

A：“你看你这体育上的，一点儿汗都没出，你看看人家热的，肯定活动了。”（手指向我前面的女生）

B：“是，和我站在树荫里聊了一节课，嘴活动了不少。”

场景：上完体育课。

A：“热啊！”

B：“心静自然凉。”

A：“那咋有热死的？”

场景：B买了新笔袋。

A：“真难看！你看看上面这字……”

C：“你买新笔袋了？挺好看的，不过像你同桌用的。”

场景：B要出去买饭。

C：“B，给我买一个肉夹馍和一个鸡蛋灌饼。”

A：“你看看，跟你在一块儿都变得能吃了！”

B：“这些不多啊。”

A：“人家原来买饭，是买一个肉夹馍或一个灌饼，现在是一个肉夹馍和一个鸡蛋灌饼。”

场景：上课。

A：“看看人家C，再看看你，头真大！”

B：“C，他说你脑小。”

场景：班委竞选完毕，A和C同时当选纪律委员。

A：“现在我的饭碗被人分去一半，而且分去的是碗底，我就剩个碗边了。”

场景：A困了，让B打他一下。

A："你下手好重。"

B："不是你说的吗，要打重点儿。"（不小心撞到桌子上）

B："疼啊！"

A："挨打的是我好不好！"

B："我不小心撞桌子上了……"

A：……

场景：A被B打了。

A："疼！"

B："让你长记性！"

场景：A收到圣诞节巧克力。

B："是不是嫂子送的？"

A："什么嫂子？"

B："就是你老婆啊！"

A："我老婆是谁？"

B："我嫂子啊！"

A："谁啊？"

B："你老婆是谁我怎么知道？"

场景：数学老师上课讲冷笑话。

A："为什么这么冷的笑话他一讲我就这么想笑，哈哈……"

场景：A要打人。

A："我要打你！"

B：“为什么？”

A：“就是要打你！”

B：“为什么？”

A：“没有理由！”

B：“为什么？”

A：“不为什么！”

B：“为什么？”

汤姆：“你的弟弟怎样了？”

约翰尼：“他受了伤躺在床上。”

汤姆：“发生了什么事？”

约翰尼：“我们比赛谁能把身子伸出窗外最远，他赢了。”

令人无语的强悍老师语录

这个物理啊，是一门很有趣的学科，所以教物理的老师都是很有趣的老师！

有些同学考差了，他会静悄悄地去了；有些同学不一样，他考差了，在宿舍就大喊一声："大海啊，我爱你！"

你不要看我这么年轻，其实我教了20、21两个世纪了，而且还教了三代人：人类、新人类、新新人类，对了，你们就是新新人类！人类的特点是很勤奋；新人类的特点是聪明、很活跃；新新人类呢，最大的特点就是男女都分不大清楚了……"

嗯，这个答案很好，与众不同！白里透红！

大家做题的时候一定要写定义式，这样显得我们心有灵犀，教你们三年物理，不用讲课，打手势就行了，嗯！

有些同学全对，很高兴！就像小鸟一样跑到我身边……但是呢，这种同学很少啊……唉……所以我的心很痛，我的心里在流血……

这题很难，如果你做出第一小题，我会30度角仰视你；如果你做出第二小题，我就60度角仰视你；如果你全部做出来了，我会去跳楼：从一楼跳到二楼……

亚里士多德啊，是个先贤，相当于中国的孔子，当时很多人都当他的学生，跟他讨论问题。有的人就问啊，亚里士多德啊亚里士多德，你帮我看看这个房子的风水好不好啊？

在中世纪，教皇掌握着很大的权力，比如说：“唉，我真想当个教皇啊！”

如果没有空气阻力，那世界就恐怖了！一下雨，轻则长出肉包，重则穿头而过……

三个和尚挑不了水，大家都没水喝，为什么呢？哦！因为他没有学物理！

“牛顿每天都工作到凌晨，听说你们也是这样。你们在宿舍究竟是看书还是卧谈啊？”

“看物理！”

“嗯，听到这句话我很激动，虽然我知道它是假的。”

伟人啊，都比较谦虚。我因为不谦虚，所以做不了伟人！

到现在你们对气候还一窍不通，你们死有余辜，这种东西烧成灰你们都要记得。

很多题目真是只有不知廉耻的同学才会做错。

开小差的同学，争取误差在8秒之内。

太阳耀斑爆发是很可怕的，但我要是被惹火了的话，会比耀斑还可怕数万倍。

有些登峰造极的同学现在彗星还写成慧星，真是充满智慧的扫帚星。

今天地理课上我发了火，头上出了汗，太阳一出来蒸发了，在太仓南部上空形成了水汽，下了场雨，碰巧有几滴又落回我头上，这就是一个水循环。

全班刚才失踪同学一名，经调查，该生系进行非法位移，以后如果还有这样的同学，希望大家把他往死里打。

下面我们来讲火山，有些同学前面讲的山都不喜欢，就对火山感兴趣，上课的时候也希望我时不时火山爆发一下。

后面几位同学灵魂又要游离到身体外面了，我居然还要当你们灵魂的守护者，随时帮你们把它招回来。

现在，男同学和女同学，听懂了的请举手，两种都不是的，可以不举。

这种题做错是不容易的。

此题选错的同学，我强烈建议你立即下沉到地底。

咸海地区的沙尘暴厉害到什么程度，沙子伴着盐刮到你脸上，刮了几次，你人就成一块咸肉了。

有些男生整天抱着美女照片，上课看，下课看，晚上睡觉还把它放到枕头底下，你以为她会来找你啊，他会做梦给你啊?

你们年纪轻轻的，嫩兮兮的，一睡就睡着了。像我就不行了，我失眠都破吉尼斯纪录了，全世界每天东半球醒得最早的就是我。

不要作弊啊，我要是发现了，不但要撕碎你的卷子，还要撕碎你的心！

我让你们把作业发到我的信箱里，写什么都可以，如果我心情好，你们写500字，我会回复一篇千字的，以表示我的心情。你们甚至可以写淘宝上的交易经历。在我的历史记录里，还没有一个学生拿过不及格的分数。如果你交白卷，那就没办法了，怎么也得涂满啊。如果你真的不想做作业，别懈怠，就发个邮件，说你不愿意做就好啦。

男朋友对你好不好，看的不是他为你花了多少钱，他身上只有一百块，留下一块钱坐公交车，其他的都给你了，这是优质男孩。可别他在大吃澳洲龙虾，见你来了，说：“我给你留了碗泡饭，有龙虾的味道，绝对鲜啊！”

有些东西每个人都有的，没有就不是地球人了！是奥特曼。

这个人长得一表人才，太像我了！

小夫妻无与伦比的爆笑生活

老婆，我不该用床单擦皮鞋，不过出差刚回来，一时半会儿还改不过来，我错了。

老婆，你让我朝东我不敢朝西，你让我爬凳我不敢爬梯，你让吃干我不敢喝稀，你让我擦汗我绝不敢擦鼻涕！

老婆：“亲爱的，明天是我的生日，我想干一件我以前从没干过的事，多新鲜！”

老公：“下厨房吧，亲爱的！”

老公在嘟囔着：“把电视机关掉吧，把被褥铺好，再递给我一杯热茶。”

老婆回答：“不行啊，我们是在电影院里。”

老公一进门儿就嚷嚷：“原来咱们今晚上吃冷餐！”

老婆好奇地问：“的确是吃冷餐，你怎么知道？”

老公：“因为屋子里闻不到一丁点儿煳味。”

老公下班回来，给老婆带来一盒点心。

老婆问：“买这东西干吗？”

老公：“给你吃，哎呀，你没听昨晚电视里说的，女人多点儿甜食，性格温和嘛。”

老公同老婆争吵了好长时间，最后老公无可奈何地说：“好吧，就听你的。”

老婆：“晚了！我已改变主意了。”

老公教老婆开车：想避免出事，就必须注意交通标志和信号，特别是红绿灯。灯转绿踩油门，灯转红就停车。要是我脸色变白，就减慢车速。

老公和老婆吵架，老婆把老公的胳膊咬出了血。

老公说：“你干吗咬人呢？”

老婆说：“君子动口不动手嘛。”

老公对老婆说：“亲爱的，如果当年爱迪生不曾发明电灯，那么我们现在还只能点着蜡烛看电视。”

老公对怀孕的老婆说：“你们女人肚量小，一点儿也不能容人。”

老婆指指自己的肚子说：“里边不就是人吗？”

老公帮老婆买保险，签约完毕后，他问保险业务员：“如果我太太今晚死了，我可以得多少？”

业务员回答道：“大概二十年徒刑吧，先生！”

一对夫妻吵嘴后不理对方了，老公想和老婆说话，便在衣橱里乱翻。老婆气恼地问：“你到底找什么呀？”老公说：“我总算找到了你的声音。”

一对夫妇在舞厅看跳舞，老公感慨地说：“这个世界真怪，每个丑八怪似的蠢汉都有个漂亮的老婆。”老婆笑着说：“亲爱的，你真会拍马屁。”

我哥每次跟嫂子吵架，都会把钱包塞在裤子后面的口袋，去车站守株待兔抓小偷。目前，他们那片的小偷基本都认识他了……他是一个240斤的胖子，很伟岸！

晚上有贼进了家，老婆叫道：“咱家来了个贼！”老公说：“住嘴！别打扰他，我真希望他能找到点儿东西，我倒可以从他手里夺回来！”

老婆：“你昨晚又在说梦话了。”

老公：“是的，不然我就没有说话的机会了。”

老婆一边给女儿裁衣服一边抱怨着：“我昨天新磨的剪刀，今天居然钝得很难剪布料了。”

老公：“不会吧！早上我用它剪铁皮时还快着呢！”

老婆问老公：“你是喜欢我的温柔可爱呢，还是我的聪明美丽？”

老公答：“我就喜欢你的这种幽默感！”

老婆问老公：“你能告诉我，事故与灾难之间的区别吗？”

老公回答说：“譬如你失足落水，这就叫事故；如果人家又把你救上来，这就是灾难了。”

老婆：“有人说，一个人在朦胧的月色中，容易做出傻事。”

老公：“是这样，我就是在一个月色朦胧的晚上向你求婚的。”

老婆：“电视里老演婚外恋，你会有婚外恋吗？”

老公：“不会。”

老婆：“为什么？”

老公：“有你一个我就够后悔的了，决不能再要第二个。”

老婆：“哼，未嫁你前，说我嫁给你，要风得风，要雨得雨。”

老公：“哦，扭开电风扇就是风，扭开淋浴不就是雨吗？”

老婆：“这个袋子你也拿着吧。”

老公：“我都拿着四个袋子了，你什么都不拿，好意思吗？”

老婆：“那我还挽着你呢！你一百多斤呢，我拿的东西不比你拿的东西重多了。”

老婆：“咱们一直散步到那条马路吧。”

老公：“到那儿太远了，一会儿该走不回来了。”

老婆：“没事，你背我回来。”

老婆：“这衣服好看吗？”

老公：“好看。”

老婆：“你就敷衍我，想让我买完了赶快回家！”

老婆："那衣服好看吗？"

老公："不好看。"

老婆："你就舍不得给我买！"

老婆："你娶了我是不是特幸福？"

老公："没觉得。你又不讲理，又不干活，还老折腾人，我怎么幸福啊？"

老婆："这就是你的幸福啊。我不讲理，要不是我牺牲自己，能反衬出你的宽容大度吗；我不干活，就培养出了你呀，艺多不压身，你能力强还不好；我折腾人，那你的生活多丰富多彩呀，你看，你的婚姻生活就不像别人家那么单调吧。"

老婆："咱们出去玩吧。"

老公："好，你说去哪儿就去哪儿。"

老婆："我要有主意还和你说！"

老公："我出的主意你从来都不同意呀。"

老婆："我不同意的那叫什么主意呀，那叫敷衍！你得不停地有主意，直到我满意为止。"

老公："这回我是真生气了！"

老婆："我已经道过歉了呀，老公别生气了嘛！"

老公："我不要你道歉，我只想听你说句你爱我，可你就是不说！"

老婆："我爱老公就和太阳从东方升起，人类要呼吸空气一样的自然，你见过谁每天看见太阳就喊，'哇，太阳升起来了耶！'谁每天呼吸的时候喊，‘哇，我呼吸到空气了耶！’所以啊，我爱老公也不需要天天对着你喊，‘哇，我好好爱你耶！’”

老婆：“你还记得我们结婚纪念日是哪天吗？”

老公：“唉！我永远也忘不了的，因为从那天以后，我们就天天吵架了！”

昨晚煮螃蟹，水开后，我把螃蟹一个个扔进锅里。蟹子很新鲜，在锅里乱动。老婆打小心善，就见不得这个，遂躲在我身后捂着眼睛不敢看。我宽慰道：“佳佳，我们是不是太残忍了？”老婆：“嗯……放盐了吗？”

在决定晚上要吃什么时，老公提议扔硬币决定。

老公道：“正面朝上咱们吃鱼，正面朝下咱们炒青菜。”

顿了顿，老公道：“如果硬币扔到楼下去了，咱们就绝食。”

我问老公：“老公，过生日了，你想要什么礼物？”

老公想了想说：“我请你吃饭吧。”

我问：“你过生日，为什么要请我吃饭啊？”

老公道：“你能陪我吃饭，你能陪我一起生活，你就是我最好的生日礼物。”

老公一身臭汗的回家，说道：“老婆，给你一个热情的拥抱吧！”

我说道：“别了，你现在给我的拥抱可能只有热，没有情。”

老公给老婆泡咖啡。老婆嫌苦，老公给她加了两块糖，老婆还说苦，就问老公："这两块糖是怎么回事啊，一点儿甜味都没有？"

老公说："八成它们结婚了。"

一个女孩骂老公："你变了，整个儿一重色轻友，是不是男人一结婚脑子就会出毛病？"

老公答道："不，男人脑子出了毛病才结婚的。"

你没见过的绝妙情书

三轮车夫给清洁工的浪漫情书

香草：

当我鼓起勇气给你写这封信的时候，你可能已经进入了甜美的梦乡。自从认识了你的那一刻起，我的生命里就充满了激动和欢畅，我愿意一辈子用三轮车拉着你走过寒来暑往，我愿意一生一世陪着你扫遍大街小巷。

你说你记不住我的名字“旺财”，其实它还是很有知名度的，多次在影视作品中以主角出现。假如你还记不住的话，干脆叫我的昵称，也就是通常人们所做的按拼音首位缩写叫我“WC”，这啊，地球人都知道。

在短暂的接触中，我们结下了深厚的战斗友谊，你为我缝了十双棉手套，补了二十双破袜子，洗了三十件旧衣服，而我只帮你挑了三桶水，劈了两捆柴，扛过一次煤气。记得我的一位同行说过这样一句话：“不要问别人能为你做些什么，而是要问你能为别人做些什么。”我要向全世界呐喊：香草香草我爱你，就像老鼠爱大米。

曾经以为我的生活里只有冬天，认识了你才知道你说得对：野百合也有春天。从此我找到了冬天里的春天，而我也和春天有了个约会。你是一个爱上浪漫的人，爱上你就等于爱上了浪漫。我能想到最浪漫的事就是四十年后用我的“宝马”带着你回到我们战斗过的马路上重温旧梦，五十年后牵着你的手到郊外去看月亮数星星，六十年后亲手烧一盆热水为你烫脚……

你说想帮帮我的忙，顺便体验一下三轮车夫的酸甜苦辣。告诉你，这里很危险，你还是回清洁队，做那份很有前途的职业吧！上一次我们在老杨同志开的臭豆腐店里约会，你生气了，因为我在屋子里还戴副墨镜扮酷。其实我是不忍让你看见我熊猫一样红肿的双眼。此前一个晚上，我拉着两个浑身酒气的家伙路过你工作的马路，他们扔烟头、吐痰、呕吐，还随地大小便。就是这帮没有公德心的家伙，让你的眼角因操劳过早地泛起了鱼尾纹，手掌磨起了厚厚的老趼，才25岁的你，看起来却成熟得像52岁！在阻止无效的情况下，我动用了武力解决，结果反被恶人欺，幸好有两位解放军叔叔路见不平拔刀相助，教训了恶人，又收走了赃物。虽然我光荣负伤，可这没有什么，只要你过得比我好，只要能见到你微笑的模样。

那天我注意你的眼圈也是黑黑的，像只熊猫。是不是新换的工作帽尺寸不对，前窄后宽，害得你整晚失眠？我知道高庄有一家帽店做工精美，价格公道，童叟无欺，要不要改天陪你去看看？

你的善良和仁慈感染了我，我决定向社会奉献自己的爱心，让所有的人都知道：车夫的名字不是弱者！那个晚上我在繁华的富丽大路上溜车，这个富人出没的地方同样也是乞丐的乐土。三个人同时拦住了我的去路，我甩开第一个家伙咄咄逼人的双手，因为我曾见到他在几个晚上去夜总会狂欢；我躲过第二个人贪婪邪恶的目光，因为我曾多次遇到他换了一套西装，手挽靓女出入KTV包房。我将口袋仅有的三十八块交到第三位失学少年的手中，那可是我计划了好久，想去麦当劳将你的生日与圣诞节一同分享。我知道“再穷不能穷教育”，新世纪的竞争，归根到底是知识和人才的竞争，或许这三十八块从此改变一朵鲜花的命运。麦当劳会有的，一切都会有的。我相信，你也一定会为我的义举鼓掌。回家的路上，我正琢磨着：“同样是在一条街上乞讨的三位，做人的差距咋那么大呢？”忽然从远处麦当劳的餐厅里传来挖苦的笑声，循声望去，富丽大路街边失学少年熟悉的面孔差点击破了我的胸膛。

有个秘密一直没有向你提起，我有了第二职业：拾垃圾！如今我在富丽大路南端那栋烂尾楼一层的车库兼卧室又多了一项新功能：仓房。别看那些城里人道貌岸然的样子，其实他们的公德心还不如一个拾垃圾的高尚！那条穿过市中心的铁路边总是堆满了从火车上扔下来的各种杂物，我就曾被一只酒瓶击中腿部，现在走起路来还有点儿跛。大量丢弃物污染着整个城市的环境，居然很少有人来管，幸好还有一群像我一样有高度环保意识的车夫和拾荒者。我觉得，整个城市因为我们的存在而美丽了！

香草，你当然也是城里最美的一风道景线，你用手中的画笔（扫帚）描绘出一条条整洁的街道，也清洁了人们的心灵，你是一个伟大的女人！人们常说一个伟大女人的背后必定会有一个默默奉献的男人，我就是那个男人。利用拾垃圾的收入，我正偷偷实施一个计划，在北风吹，雪花飘，年呀吗年来到的时候送给一个惊喜：扯上二尺红头绳，再做上一件小花袄，咱们欢天喜地过大年！

你知道吗？有一个晚上我在拾垃圾的时候捡到一个钱包，我足在大风中等了四个小时，才等到那个开着“大笨”的失主。那个老头当即给我三百块钱作为酬谢，这可是能买十件小花袄和二百尺红头绳的巨款，而我不为金钱所动，断然拒绝，因为那个钱包里只有三块钱，我怎么能承受得起呢？原来老人是在考验我，他说我像他夭折的孙子三毛，要我跟他回去过富贵的生活，还说要将他亲孙女——一个骨瘦如柴、面色惨白的女人嫁给我。

我也曾向往富贵，每天晚上坐别人蹬的三轮车去大排档喝啤酒，吃海鲜，但我过惯了穷人的生活，有空调我怕冷，有暖风我怕热。最重要的是，我离不开你，一个健康而美丽的阳光女孩，虽然我们为了生存不得不每天各自东西地奔波，但最远的你永远是我最近的爱。

你老是说我的字写得歪，信也不吸引人，其实我也是个“文化人”，光是小学我就读了九年，也算得上“小学研究生”了。读初中时成绩也一直不错，只是在班里倒数第一的同学辍学以后，我才不幸接过他的位子。论智慧和武功，我总是觉得比起王朔还是要略微高一点点的。

香草，最喜欢听你唱那首《我们的生活充满阳光》。我以为你的嗓音比那英还高，比田震还亮，只要和你在一起，我的生活就充满了阳光。你要问我爱你有多深，Look，月亮代表我的心！

旺财，午夜于烂尾楼寓所

一个18岁男孩的精彩情书

亲爱的：

我对你1见钟情，绝无2心，想照顾你3生3世，因为我偷偷上你的网站4次，你那迷人的5官，总让我6神无主，一颗心7上8下，99不能平息。如果我的满分是10分，你一定不止11分，起码也该有12分，只可惜我讨厌13这个数字，不然你一定有14分，如果再加上你的聪明那又不止15分，16分你一定还嫌少，所以我给了你17分。

我今年18岁，再过几天就19岁，也就是我还未满20岁，今年大概会21呗，所以得交22万的学费，其实我的智商是阿甘的23倍，只是，我24小时都在睡。

我猜你今年未满25岁，26岁我也无所谓，27岁跟我还是很配，28岁也不过才大我10岁，29岁的女人据说最美，30岁我会考虑考虑，31岁我应该没这么衰，32岁我会开始反胃，33岁我宁愿自己一个人睡，34岁你敢钓我，我娘也才35岁，但我还是想送你36朵玫瑰，但摸摸口袋我只剩37块，户头也只剩38元，因为跟女友分手在39天前，手机每天得打40块人民币。

永远记得41天前，写下42句爱她的誓言，还有43种我想的永远，却只换来44cc真情的眼泪，加上45夜辗转难眠，老实说我打了46句废言，其实你该从47句开始看，但是你都看到了第48句，只写49又觉得怪怪的，那就再写到50，凑个整数吧！

第51句我要说声我想你，第52句我要说声我爱你，但第53句我暂时还没想到，所以直接跳过54句，来到55句，这时我想起56分前的你，不知道你有没有想起57分钟后的我？

我在这儿想了58分钟又59秒，我总共找到60种想你的念头，61个爱你的理由，62句适合我俩的情话，还有63段电影浪漫的邂逅，虽然我也找到你64个小缺点，但幸好我也找到你65个优点，尤其是你的腰只有66公分，这会让我沉迷67年，与其我爱你说68遍，还不如我爱你写满69页，反正我们还有70年，这份工作麻烦让我拖个71个月，你的爱慕者一定不止72位，因为我是那第73位，但我要定下你74年，反正我会付时薪75元，就算要追你追76个月，只要你能陪我过77情人节，花掉我78万我也心甘情愿。

看完我写下的79句真心话，我猜80%你会愿意当我的女朋友，因为你发现了我81处迷人的地方，还有82个你无法拒绝我牵你的手，就算你有83个逃避的借口，我也会有84种留你的理由，好啦我加薪加到85，麻烦你陪我到86岁，就算你皱纹是以前的87倍，我爱你还是愿对你说88遍。

八戒这样向嫦娥表白……

尊贵的嫦娥仙子：

我已经默默地偷窥、暗恋你好久了！

经过无数次、无数天的痛苦煎熬、无助挣扎、寝食不安后，我终于发扬了死猪不怕开水烫的大无畏精神，向你坦白从宽我的爱。

也许你不知道俺是谁，但你应该知道俺心里想着谁。

俺就是那个被你迷得魂不附体、体贴入微、微不足道、道貌岸然的天蓬小帅哥，笔名八戒，网名无能，外号呆子。

自从看到你柔若无骨的娇躯、曼妙飘逸的舞姿以及对俺施以含情脉脉、意味深长的回眸一笑后，俺那颗冰凉瓦凉的小心脏就像关进鸟笼里的小青蛙一样跳个不停，就像三伏天八九点钟的小太阳一样火红炽热。俺的眼前老是晃悠着你迷人的眼睛、性感的嘴唇……俺一心向佛的革命信仰彻底被你击溃了。

见了你，我才明白了什么是红颜祸水，我才明白了为什么玉帝他老人家不爱江山爱美人，我才明白了吴孟达为什么会冲冠一怒为圆圆。

如果西施、貂蝉的美可以用英文形容的话，那你的美用火星文也难以描绘。

那是一种怎样的美啊，如花似玉，如梦似幻，如封似闭，如鬼似魅；闭花羞月，沉雁落鱼；像风像雨又像雾，若云若雪又若露。

知道吗？小娥，写到这儿，我口水已如雨下，就像一个饿了三天的乞丐见到了刚出锅的红彤彤、香喷喷我头部的肉。

小娥，不要怪我好色啊，美国前绯闻总统克林顿说过，男人有两种：一种是好色，另一种是十分好色。作为男人，我……我没得选择啊！再说了，你的色绝对是上上等货色，我又不是如来，能受得了吗？如果当初柳下惠见到的是你，那就不会有“坐怀不乱”这个成语了。

小娥，遇到了我，算你倒霉了。我这人干别的不行，追女孩子那是相当的有一套，而且不到黄河不死心，不见棺材不落泪，不抱得美人归就做绿毛龟。所以，在我面前，你就别犹抱钢琴半遮面、欲语还休泪先流了。早点儿从了我，你好，我好，月老没烦恼。不然，在你下班路上，我猴哥、沙师弟会装鬼吓唬你，我师父会念经咒你，而且，我还会让曾志伟、潘长江扮成人妖在路上……嘿嘿，嘿嘿！我在观音姐姐画像面前发誓，就是拼了老子这身白花花、娇滴滴的肥肉，也一定要搞定你，与你比翼双双飞，花好月月圆，百年好好合。所以，我对自己充满信心。亲爱的，你是我的，跑也跑不了。

我知道我人长得丑又不温柔。但这不是我的错，要怪就怪我爸妈！对了，我爸妈是谁啊？有时间问问吴承恩博士。再说了，作为男人，美丑无关紧要，关键要有内涵，要有风度。我肚子大，大而有（肥）料，内涵多多。

所以嫁给我，你绝对放心，我不会红杏出墙——就是想出墙，也没有野花野草喜欢我啊。我是铁了心地爱你，一颗猪心永远不移！

小娥，这几天，我由于对你朝思暮想，朝秦暮楚，朝三暮四，免疫力大降，得了猪流感，至今高烧不退。我经常在迷迷糊糊中呼喊你的名。连主治医生灭绝师太都被我感动得欲哭无泪。她对她的初恋情人我师父说，她见过像李莫愁一样痴情的女人，却从未见过像猪哥哥这样痴情的男人。

小娥，如果你嫁给了我，我一定会做个模范小丈夫。你坐车我给你开车门，你喝酒我给你开瓶塞，你上网我给你开电脑，你网恋我给你带绿帽……哦，我又发烧了，脑子有点乱。

小娥，告诉你个连尚福林都不知道的小秘密：

最近股市火暴，我猴哥的花果山旅游公司IPO（首次股票发行）获证监会批准了，发行价定在30元每股，比光大证券还高耶！我有500万原始股，我发大了！

呵呵，等我在二级市场上套现，我就买辆奇瑞QQ，买辆奥迪Q7。我们开着QQ，拖着Q7，上德国旅游去，让德国人看看中国制造是如何厉害。

等咱们婚礼那一天，我请央视名嘴李咏做我们的司仪，冯巩和林志玲做伴郎伴娘。并邀请任志强和潘总为我们表演相声——洞房里的泡沫之争。

至于迎娶你的婚车，我决定全部用国产轿车，打头的用加长版红旗，压阵的用吉利熊猫。

那一天，我会让你成为全世界——不，全宇宙最幸福的新娘！

小娥，我对你的思念如猴哥追忆紫霞仙子一样剪不断理还乱，我对你的爱慕如酒井法子吸食毒品一样欲罢不能。你是我的一切，为了你，我宁愿上天堂下地狱，做三陪为农奴！

小娥，嫁给我吧，我会像毛毛雨一样不断给你幸福！咱们会有一个温馨浪漫的家，有一群乖巧可爱的猪宝宝。作为神仙伴侣，郎菜女貌，让月球人羡慕死！

小娥，你心动了吗？心动不如行动！机不可失，时不再来！明天黄昏月上柳梢之时，我约你在小桥流水、鸡飞狗跳的舜耕山庄见面好吗？如果你不来，我就等你，等你到天荒地老、山崩石裂！我要像《奋斗》中痴情的米莱一样等你，就等你，等死你！

小娥，My darling，我不争气的肚子又饿了，我去偷师父化的斋吃了。该说的我都和你说了，该做的我还没和你做，你好自为知！

小娥，再过几天就是七夕节了，这一天是中国的情人节，传说中，这一天，牛郎和织女会在鹊桥相会。我猪郎和小娥也在天桥约会好吗？若干年后，人间将会留下我们动人美妙的爱情传说，像梁山伯与祝英台，像罗密欧与朱丽叶，像杨过与小龙女……多浪漫啊！

最后，我想对你说，小娥妹妹，Only you，能让我永年轻；Only you，能伴我度残生。小娥，如果你不答应我的求婚，我一个月后就上屠宰场为民捐躯！听说现在通货膨胀，我的肉比师父的都贵了，百姓们都买不起肉，我死了为人民作点儿贡献，这辈子也值了！小娥，我的小命已掌握在你手里了，你看着办吧！

差点儿忘了！我的3G手机：1880108888（花8万拍到），我的超级QQ：10001（花10万购得），有坏人欺负你就呼我啊！

狂恋你的八戒